Sonya
ソーニャ文庫

敵しかいない政略結婚のはずが、夫に密かに溺愛されてます!?

春日部こみと

イースト・プレス

contents

プロローグ

また、あの夢だ、とアンナリーザは夢の中で思った。

見覚えのある光景は、全てが薄ぼんやりとしている。景色も、色も、匂いも、音さえも曖昧《あいまい》で、自分の五感が明確に捉《とら》えられるものは何もない。

夢だからこんなものだと思うものの、他の夢を見る時はもう少しくっきりしているから、この夢が特別なのかもしれない。

『大丈夫。恐ろしいことは、全部、僕が持っていってあげる』

夢の中で、またあの子が言う。

顔は靄《もや》がかかったように朧《おぼろ》げで目鼻立ちすら判別できないし、髪の色だって見えないけれど、これはいつものあの子だ。

『……ほんと？』

夢の中でアンナリーザが、涙声でそう言った。

なぜ自分は泣いているのか、アンナリーザにはわからない。

だが怖くて、苦しくて、誰かに助けてもらいたいという気持ちだけははっきりと感じる。

（……私《わたくし》はなぜ助けてほしいのかしら）

アンナリーザの人生には、怖いことも、苦しいこともあまりない。

――ただ、楽しいことも、嬉しいこともあまりないけれど。

だが人生なんてそんなものだろう。平凡に、日々穏やかに暮らしていければ、それが幸福というものだ。

現実ではそう思っているのに、夢の中の自分は縋《すが》り付くようにあの子に抱きついている。

『いい子だね、ナリ。そのまま目を閉じているんだよ』

あの子は優しく言うと、そっとアンナリーザの額にキスを落とす。

（……ああ、まるで、恋物語の一幕のようだわ）

アンナリーザは夢の中なのにうっとりとしてしまった。

哀れなお姫様がいて、優しい王子様が彼女を救ってくれる。まさに少女の頃に憧れた物語そのものではないか。

（……残念なのは、こんなに素敵な夢なのに、覚えていられないことよね……）

アンナリーザがこの夢を見るのは初めてではない。

これまでに何度も何度もこの夢を見ているのだが、起きた時にはなぜかきれいさっぱり内容を忘れてしまうのだ。

『なんだか素敵な夢を見ていた気がするのだけど……』と目覚めるたびに思うのだが、惜しい気持ちすらもすぐ消えていってしまうから困ったものだ。

（まあ、だから夢なのかもしれないけれど）

ともあれ、夢でしか会えないあの子の声に、アンナリーザは今回も安心して、夢の中なのに、眠るように目を閉じたのだった。

第一章

「我がペトラルカ王国の英雄にして最愛なる叔父、ピエルジャコモの娘、アンナリーザ・ジョヴァンナ・ディ・サヴォイアよ。そなたには我が国とレストニア王国との架け橋となってもらいたい」

ペトラルカ王国の国王に仰々《ぎょうぎょう》しい口調でそう告げられたのは、この国の大臣やら宰相やら、さらには件《くだん》のレストニアの使者まで詰めかけている王宮の謁見室でだった。

王座に座ってこちらを窺うように見ているのは、アンナリーザの年下の従兄弟《いとこ》でもあるペトラルカ王マッシミリアーノである。

彼の父である先のペトラルカ王ヴァレンティーノの崩御《ほうぎょ》をきっかけに、九年間も続いていた隣国レストニアとの戦争が数週間前に終結した。

――いや、隣国、という表現は少しおかしいかもしれない。

というのも、レストニアは以前は確かにペトラルカ王国の隣国であったが、二十年前に両国間で起きた戦争によって、ペトラルカの領土となっていたからである。

しかし従者によって逃がされ生き延びたレストニア王の第三王子によって、密かにレジスタンスが結成されていた。彼らは領土奪還と国の再建を目指して水面下で勢力を増やし、今から九年前に宣戦布告し、ペトラルカを相手に大々的な戦争を始めたのだ。

最初は少数による武装蜂起《ほうき》だと高を括《くく》っていたヴァレンティーノ王だったが、その半年後泡を食うこととなった。レストニア軍を率いる第三王子カーティス・アンブローズ・ジョージは大層切れ者で、戦が非常に巧みだったからだ。彼は数で物を言わせるペトラルカの戦術の隙を突き、巧妙な罠を仕掛けることでペトラルカ軍を圧倒していった。

加えて、『ペトラルカの守護神』と言われた王弟のピエルジャコモが、レストニアの武装蜂起直前に亡くなっていたというのも戦況に大きく影響した。ピエルジャコモは猛将で、戦の天才と呼ばれた英雄だった。二十年前の戦争で、ペトラルカがレストニアを下すことができたのも、彼の存在があったからと言っても過言ではない。

要《かなめ》となる戦の天才を欠いたペトラルカ軍は、数では圧倒的に劣るはずのレストニア軍をなかなか鎮圧できず、九年の歳月を費やすこととなったのだ。

そんな中、ヴァレンティーノ王が崩御した。

戦争大好きで、『猛烈王』とまで呼ばれたヴァレンティーノの後を継いだのは、皮肉なことに気が弱く平和主義の息子マッシミリアーノだった。

マッシミリアーノは王座に就くや否や、レストニアの要求を全部呑むことを条件に和平を申し入れ、レストニアはそれを承諾。元々レストニアにとってこの戦争は、二十年前の戦争でペトラルカの属国とされてしまった領地を回復し、国を再建することを目的としていたから、戦争を無用に長引かせる理由はなかったのだろう。

そうした背景を踏まえた上で、アンナリーザは今、ペトラルカ・レストニア両国の重要人物が集《つど》う空間に呼び出され、『両国の架け橋になれ』と言い渡されているわけである。

嫌な予感しかしない。

（……要するに、これは……）

「そなたには、両国の和平の証として、レストニア王、カーティス殿に嫁いでもらいたい」

マッシミリアーノが続けた言葉に、アンナリーザは愛想笑いを凍りつかせて心の中で叫んだ。

（ですよね！　ええ、知っておりました！　両国の架け橋って、王族の場合要するに政略結婚ってことですわよね、わかっておりますとも！）

泣きたい。そしてできれば断りたい。

なにしろ、和平を結んだからといって、つい数週間前まで殺し合いをしていた敵であることには変わりない。それはレストニア側の人たちにとっても同じで、敵国から嫁いでくる王族の娘を歓迎できるわけもなく、嫁いだ後苦労するのは目に見えている。

さらに言えば、アンナリーザはこの国の英雄ピエルジャコモの一人娘なのである。

この国の英雄であるということは、すなわちレストニアにとっては極悪人の戦犯であるということだ。実際、二十年前の戦争でレストニアの王と王妃、そして上の二人の王子を殺したのは、ピエルジャコモであったのだから、レストニア国民の恨みたるや、さぞ深いであろうことは想像に難《かた》くない。

（うう、お父様が酷いことをしてごめんなさい……！　でも私、全く覚えていないんです……！）

記憶にないので見逃してほしい。切実に。

アンナリーザには、十一歳までの記憶がない。不幸なことに、屋敷が大火事に見舞われ、両親はおろか屋敷の使用人に至るまで全ての者が焼け死んだのだ。おそらくそのショックで記憶を失ってしまったのだろうと、医者からは言われている。薄情かもしれないが、記憶がないので両親の死を悼《いた》むという感情は湧いてきたことがない。天国のお父様、お母様ごめんなさい。

（とはいえ、記憶がないから無罪！　ってことには……なりませんね。当たり前ですけれど……）

さらに言えば、両親の死後は伯父である先代の王に引き取られ、王宮で姫君のように暮らしていたので、いつか政略結婚させられるのだろうなとは思っていた。

伯父は大変な好色漢《こうしょくかん》で、正妃の他に五人の側妃と数え切れないほどの愛妾がいたが、子どもはマッシミリアーノ一人しかいない。十代の頃におたふく風邪で高熱を出したと言っていたから、おそらく子種がなかったのではないかとアンナリーザは思っているが、もちろん口にしてはいけない話である。

そんなわけで、アンナリーザは自分が彼の手駒となるべく王宮で育てられているのだろうことは、思春期を迎える頃には理解できていた。どこかへ嫁がせるための手駒であるから、処女でなくてはその価値はなくなる。だから絶対に守り抜かねばならないものなのだが、アンナリーザのことが気に食わない王妃——すなわち伯父の正妻からとんでもない嫌がらせをされて、幾度かそれが危うくなりかけたこともあった。

思い出すだけで身震いしそうになる話なので、ここでは割愛しておこう。

ともあれ、そんな身の上のアンナリーザだから、政略結婚をしろという要求にはさほど驚きはしない。

（……まあ、レストニアだということだけが、少し誤算だったけれど……）

まさかのまさか、アンナリーザにとって因縁ど真ん中の国に嫁ぐことになるなんて、さすがに予想していなかった。

（でも、これまで〝タダ飯を食わせて〟いただいていたのだもの。それはつまりペトラルカの国税で暮らしていたということよ。これが私ができる国民への恩返しであるのならば、

喜んでお役目を全うするべきでしょう。さあ、顔を上げなさい、アンナリーザ）

心の中で、後宮女官の陰口を真似しつつ自分を鼓舞《こぶ》し、逃げ出したい気持ちをなんとか抑え込むと、アンナリーザはドレスの裾を持ち上げて淑女の礼を取った。

「謹んでお受けいたします」

――こうして、名高き（悪名高きと言うべきか）英雄ピエルジャコモの忘れ形見、アンナリーザ・ジョヴァンナ・ディ・サヴォイアの政略結婚は、決定したのだった。

＊＊＊

輿入れはその一ヶ月後となった。

長引いた戦争でペトラルカの国庫はほとんど空になっており、王命による政略結婚だというのに花嫁を乗せた馬車は四頭立ての小さなものだ。後に続く花嫁道具を載せた馬車の数も片手で足りるほどで、王族の結婚にしてはたいそう質素な様相だった。

（それでも、マッシミリアーノは頑張ってくれたわよね）

ガタガタと馬車に揺られながら、王宮を出る際に従兄弟から手渡された赤いベルベットの巾着を取り出した。ずっしりと重く、口を開くと不揃いの金塊がいくつか入れられていた。おそらく、王族の持つ装飾品をいくつか溶かして作ったものだろう。

王宮でたった二人の子どもだったため、マッシミリアーノとは、姉弟のように育った。彼は気が弱いが優しい子だったからよく剣術の授業から逃げてきて、アンナリーザはその度に部屋に隠れさせてやったものだ。

そんな彼にとっては姉も同然の従姉妹を、マッシミリアーノなりに心配してくれたのだろう。花嫁道具の数は少ないが、こうしてこっそりと幾《いく》ばくかの金《きん》を持たせてくれたのだ。

手渡された時に『換金すれば、多少の期間は食い繋げると思う』と言われ、レストニアで冷遇された時の備えなのだとわかってゾッとしてしまったが。

(……要するに、向こうでは食べ物も満足に与えてもらえないかもしれないってことですわね……)

そんな心配をしなくてはならない場所へ行かせないでほしい、というのは本音ではあるが、王族である以上仕方のないことだ。

(もう覚悟は決めたはずでしょう、アンナリーザ。とにかく、夫となる人に嫌われないようにすればいいのよ。そうすれば命だけは保証されるはず……)

とはいえ、相手の家族をアンナリーザの父親が皆殺しにしているという壮絶な過去が、夫婦の間には横たわっている。

（……嫌われないようにって、無理な話じゃないです……？）

先ほど覚悟を決めたはずだと自分を叱咤《しった》したくせに、もう逃げ出したくなってしまう。

（で、でも！　戦争だったのだし、仕方ないというか……！　レストニア側だって、ペトラルカの兵士を大勢殺していたのだし、お互い様では……？）

とはいえ、人の恨みの前にそんな御託《ごたく》が通用するとは思えない。

この結婚の行く末を考えれば考えるほど、不安が襲ってくる。

アンナリーザは深いため息をつくと、目を閉じて考えるのをやめた。

（……なるようになる、ですわ。その時にやれることをやる。私にできるのは、それだけなのだから）

だが、できるなら夫が、人道に悖《もと》るような人物ではありませんように――。

レストニアまでの長い道中、アンナリーザはそう願い続けたのだった。

＊＊＊

レストニアに到着したアンナリーザは、着いて早々、レストニア国民の洗礼を受けることとなった。

王都プリマスに入った途端、そこに集っていた民から石や馬糞《ばふん》を投げつけられたのだ。

異国から嫁いでくる王族の馬車に向かって民がそんな暴挙に出るなんて、アンナリーザの常識にはなかったため、かなり驚いたし怖かった。

「悪党の娘がこの国に入ってくるな！」

「疫病神は帰れ！　帰れ！」

「滅べ、この悪魔の娘！」

人々は口々にアンナリーザを罵りながら、石を投げつけてくる。

随行した母国の護衛軍人たちが、アンナリーザの乗った馬車を守るようにして脇を固めてくれたが、王宮に到着する頃には、馬車は泥や馬糞に塗れた散々な有様となってしまった。

さすがに怯え切り、顔を青褪《あおざ》めさせたアンナリーザを迎えたのは、これまた冷たい態度の王宮女官たちだった。彼女たちは馬車の惨状やアンナリーザの顔色を見ても気遣いの言葉一つかけず、予定が詰まっているからと、休みなしにアンナリーザを花嫁衣装に着替えさせ、説明することなく再び馬車に乗せてしまった。

その間、もちろんアンナリーザは女官たちにいろんな質問を投げかけた。

ここはどういう部屋なのか、夫となる人にはいつ会えるのか、なぜ花嫁衣装を着せられるのか、など、浮かんで当然の疑問ばかりだったが、女官は誰一人としてアンナリーザの質問に答える者はいなかった。

(完全無視……！　この人たちに、私は見えているのかしら……？)

そんなことを思ってしまうほど、女官たちの態度は露骨に敵意に溢れていた。

何が何だかわからないアンナリーザは、馬車が停まった場所が大聖堂の前で、どうやら今から結婚式が行われるのだと理解した。

(――そう、こういう扱いなのね、私は……)

やはりこの国では、自分は『敵』なのだ。このレストニアの国民にとって、攻撃すべき者、排除すべき者であって、敬い愛される『王の花嫁』などでは決してないのだ。

わかっていたつもりだったが、想像するのと実際に経験するのとでは違う。

ペトラルカの王宮でも『タダ飯食らい』だの『図々しいお客様』だのと陰口を叩かれた経験はあったが、それはごく一部の者からだったし、あくまで『陰口』の域を出なかった。

だがこれは違う。アンナリーザは、ここまであからさまに人から罵倒されたことも、嫌悪や怒りを向けられたこともなかった。

怒りや、悲しみや、悔しさで、胸が押し潰されそうだ。

この結婚の背景を思えば、仕方のないことだと理性ではわかっても、感情がついていいかない。理不尽だという気持ちが込み上げてきてしまう。

（――ダメよ。感情を抑えなさい。私は両国の架け橋となるためにレストニアに来たの。私の役目は、この国の怒りを鎮めること。怒りに怒りを注げば、悪化するだけよ。笑いなさい、アンナリーザ。それが私の役目でしょう！）

大聖堂の扉が開き、荘厳な雰囲気の景色が一気に開けた。

身廊《しんろう》には内陣へ向かってまっすぐに赤いカーペットが敷かれ、脇の側廊には正装をした参列者がズラリと並んでいる。見上げるほど高い天井には、神の啓示を受ける聖人を描いた美しいフレスコ画が飾られていた。

（……ペトラルカのミーレ教の神殿とはずいぶん違うのね……）

薄暗くひんやりとした空気は厳かで、まるで何かを恐れているかのような、不思議な雰囲気だった。

自然を司る様々な神々を拝するミーレ教を国教とするペトラルカでは、このような絵画も建築物も見たことがない。ミーレ教の神々は非常に人間味があるせいか、その神々を祀《まつ》った神殿も、陽光があちこちから降りそそぐ造りになっていて、どこか人間っぽさのある明るい雰囲気だ。

ここレストニアでは一神教で戒律の厳しいヨセフ教を信仰しているので、違っていても当たり前のことなのかもしれないが。

もの珍しくてぼんやりと聖堂の中の景色を見つめていると、いつの間に現れたのか、聖職者の格好をした老人が背後から小声で促してきた。

「どうぞ、お進みください」

どうやらアンナリーザが歩を進めなければいけなかったらしい。

すると参列者の中から失笑のさざめきが聞こえてきた。

(──作法も何も教えてもらえなかったのだから、仕方ないでしょう)

心の中で文句を言いつつも、アンナリーザは微笑みを浮かべたまま一歩ずつ歩き始めた。

(多分、この赤いカーペットの上を歩けばいいのよね？　この状況で脇に逸れて歩くケースはあまりなさそうだし……)

訳がわからないなりに、大きな失敗はしないように状況を見て自分で判断を下していく。

カーペットの先には、白い衣装を着た背の高い男性の姿がある。

おそらくあれが花婿だろう。

顔に薄いベールを被せられているので、どんな顔をしているのかはまだ見えない。

(どんな顔をしていたって構わない。どうせ私には選択肢などないのだから)

夫となる人に憎まれないよう、あるいは、これ以上憎まれないように、笑顔を浮かべ続けるだけだ。

半ばヤケクソな気持ちでそう思いながら、アンナリーザは粛々《しゅくしゅく》と儀式を進めた。

全く作法がわかっていなかったけれど、夫の動きを真似するようにしていればなんとかなった。

自分たちの前に立つ偉い聖職者であろう人物との問答を終えると、神に結婚の誓いをすることになる。

（……？）

どうすればいいのかわからず戸惑っていると、夫がこれ見よがしにため息をついた。

いかにも面倒臭そうなその態度に、アンナリーザの心臓がギクリと音を立てる。その態度は、女官たちに散々浴びせられてきたものと同じだ。

夫は黙ったままアンナリーザの肩を摑んで、ぐいっと強引に体の向きを変えさせた。

（あ……なるほど、向かい合う体勢になるのね。……でもそれならそうと小声で教えてくれれば、自分で動きますのに……）

無遠慮で愛想の欠片もない態度に、アンナリーザはがっかりした気持ちになった。

どうやら夫となる人も、アンナリーザに好意的ではなさそうだ。

戦争を終結させるために承諾せざるを得ない結婚だったのだろう。

とはいえ、それはアンナリーザの方も同じだというのに。

（ああ、どうしましょう。この先が不安で仕方ないわ……）

結婚生活はおろか、この国で生き延びるためには、随分と困難な道を行かねばならないようだ。従兄弟から貰ったあの金塊を使う日は、そう遠くないのかもしれない。

暗澹《あんたん》たる気持ちになっていると、夫の手が伸びてきてアンナリーザのベールを外した。

（……え？）

今まで被っていたものを唐突に外されて驚いていると、目の前にとんでもない美貌が現れて仰天した。

（ちょ……えええ!?　な、なんて美しい男性なの!?）

今初めて夫となる人の顔を拝んだが、その尋常ではない美しさに、アンナリーザは度肝を抜かれてしまう。

少し骨ばった逆三角形の輪郭に、凛々しい眉、高く通った鼻梁、形の良い唇はやや肉感的で、それがひどく艶っぽく見えた。

何より印象的なのは、切れ長の目の中で輝く瞳だ。

目が覚めるようなブルーは、遠く離れた南の国サンタベリルで採れるという、深い色あいのアクアマリンにも似ている。長い睫毛が開閉するたびにその宝石のような瞳がキラキラと瞬いて、アンナリーザはうっとりと見入ってしまった。

（……それに、男性なのになんてきれいな肌なの……！　すべすべで、まるで陶器のよう。お顔だけ見ると女性なのではと疑ってしまいそう……）

女性的に見えるのは、類《たぐい》まれな美貌のせいもあるが、長く伸ばしている髪のせいもあるだろう。まっすぐな黒髪は後ろで一つ縛りにされているが、それでも光を反射してツヤツヤと輝いているのがわかった。

(この人が、私の夫となる人……。こんなに美しい人だったなんて……!)

カーティス・アンブローズ・ジョージ。

旧レストニア王家の生き残り、そして新レストニア王国の初代の王だ。

旧レストニアの残党を率い、優勢だったペトラルカ軍を徐々に追いつめ、ついにペトラルカに全ての要求を呑ませる形で戦争を終結させた知将だと聞いていたから、軍神コットスのような猛々《たけだけ》しい男性を想像していた。

(顔だけでなく髪まで美しいなんて、この人はよほど美の女神ウーラニアに愛されているに違いないわ。……あ、でもヨゼフ教徒だからウーラニアの加護は届かないのかしら?)

夫のあまりの容姿端麗ぶりに驚きすぎて、状況も忘れてそんなどうでもいいことを考えていると、その美貌が近づいてきて目を見開く。

(……え? な、なぜこんなに近くに顔を……?)

唖然としていると、彼の眉がわずかにキュッと寄せられた。

不機嫌にさせるようなことをしただろうかとヒヤリとした瞬間、アンナリーザの唇に彼の唇が重なった。

(なっ……!)

ギョッとして体をビクリと震わせたのとほぼ同時に、重なった唇は離れていった。

キスをされたのだと気づいた時、周囲から拍手が湧き起こった。

「全知全能の神よ。この結婚によって結ばれる二人の上に、豊かな祝福をお与えくださ い！　この新しき夫婦が愛と信頼に満ちた日々を送り、多くの人々に喜びを齎《もたら》しますように！」

聖職者が高らかな声で言い、パイプオルガンの音が鳴り響く。

こうしてレストニア・ペトラルカ両国の和平の象徴となる結婚式は、滞りなく行われた。

長い年月いがみ合ってきた両国だけに、結婚式では暴動や裏切りといったアクシデントが勃発するのではないかと危惧されていたから、結婚式に参列していた者たちは、無事に終わったことに胸を撫《な》で下ろしていたに違いない。

——ただ一人、大きな不安を抱えた花嫁を除いて。

＊＊＊

なにも知らされずに結婚式にぶち込まれたアンナリーザだったが、結婚式を終えてからも散々だった。

女官たちは相変わらず冷たい態度で、予定の説明や自己紹介がないどころか、口を利いてさえくれない。

アンナリーザには、侍女を一人だけ母国から連れてくることを許されていたが、その侍女も王宮に到着してから姿を見ていない。

（フィオレ……酷い目に遭《あ》っていなければいいけれど……）

フィオレはペトラルカの貴族の娘で、アンナリーザが十二歳の頃から仕えてくれている女官だった。しっかり者で、姉のように信頼している娘だ。今回アンナリーザに随行してくれると聞いて、どれほど心強かったかわからない。

それなのにこの国に来てすぐに引き離されてしまい、いくらしっかり者のフィオレとはいえ、心細い思いをしているに違いない。

（王妃となった私ですらこの待遇なのだもの。この国の人たちは、ペトラルカ人に対して礼を尽くす気はないということ。……ああ、フィオレ、どこにいるのかしら。せめて傍にいれば、守ってあげられるかもしれないのに……）

フィオレのことが心配で堪らなかったが、自分もまた四面楚歌《しめんそか》の状況だ。

アンナリーザを無視したままの女官たちにされるがままに入浴と着替えをさせられ、寝室に放置されてしまった。あれだけ何度も話しかけたのにことごとく無視できるなんて、この王宮の女官たちの意地悪さに逆に感服してしまいそうだ。アンナリーザなら根負けして相槌くらいは打ってしまうだろう。

ちなみに、着せられた夜着は、服のていを成していないような、スケスケのシュミーズである。

(……さすがにこの後何があるかは、私にもわかるけれど……)

結婚式の夜なのだから、もちろん初夜である。

床入りを無事に終わらせるために、花嫁には扇状的《せんじょうてき》な格好をさせておけ、ということなのだろう。

結婚式での夫の冷たい態度を思い出し、アンナリーザはやれやれとため息をつく。

この国を束ねる王があの態度なのだから、彼に従う女官たちが冷たいのも仕方ないことなのだろう。

(そんな人と、閨《ねや》を共にしなくてはいけないのね……)

アンナリーザは寝室にデーンと横たわる天蓋《てんがい》付きのベッドを見て、憂鬱な気分になった。

ここに自分とあの美貌の冷徹仮面が横たわるのである。向こうが面倒くさそうだったり、渋々といった様子だったりしたら、どんな顔をすればいいのかわからない。阿《おもね》るべきか、自分も負けじと太々しい態度を取るべきか……。

（……いいえ、太々しいのはダメね。私は両国の橋渡しをするためにここに来たのだもの。来たからには役目を果たさなくては……。となれば、やはり阿っておくべきよね……）

そう思いながらもうんざりしてしまう。

自分を嫌っている人と接するのは、色々と消耗する。ペトラルカでも、面倒を見てくれた伯父の正妃にはたいそう嫌われていたので、アンナリーザはその気苦労がよくわかっているのだ。

（……それにしても、立派なベッドね）

ペトラルカで宛てがわれていたアンナリーザの寝室のベッドに比べると、大きさは倍以上ある。

（それはそうよね。一国の王のベッドなのだもの）

ベッドは王のためにビシッとベッドメイキングが施されていて、そこに王より先に自分が乗るのは気が引ける。アンナリーザは所在なく寝室の中をウロウロと歩き回った。

（……本当に、いかにもレストニア王国、といった内装ね……）

さすがは王の寝室というべきか、壁紙や絨毯《じゅうたん》、カーテンや調度品に至るまで、レストニアの国旗の色である紺と白が配されている。

そしてマントルピースの上に飾られている大きな肖像画は、おそらく王族一家のものだ。柔和な笑みを浮かべた王と、その傍らに寄り添う美しい王妃、そして三人の王子たちが描かれているのだが、王妃の怜悧《れいり》な美貌に見覚えがあった。

（これは、きっと陛下のお母様だわ……）

色彩こそ違うが、容貌は結婚式で見た夫と瓜二つだ。

それならば、と傍に侍《はべ》る王子たちを見れば、一番小さな王子の顔が王妃そっくりの美少年で、おそらくこれが幼き日のカーティスなのだろう。三歳か四歳くらいだろうか。はにかんだ微笑みを浮かべていて、隣の兄王子に話しかけているような構図で描かれていて、大変に愛らしい。

（……笑っている……）

結婚式で見た彼はまるで仮面のような無表情だったから、幼い頃とはいえ笑っている姿を見て、奇妙な心地がした。あんな冷徹仮面みたいな人が、こんな可愛らしい子どもだったなんて信じられない。

だがそう思ってみてすぐに、自分が間違っていることに気がついた。

（……違うわ。元々は、こんなふうに笑う子どもだったのよ。それを、ペトラルカが……私のお父様が壊したのだわ……）

国と国との戦争であったとはいえ、アンナリーザの父ピエルジャコモが、この一家を弑《しい》虐《ぎゃく》したのは事実だ。絵の中の国王一家は皆微笑んでいて、とても幸福そうだ。王は王妃を愛おしげに見つめ、王妃もまた夫を優しく見つめ返している。王子たちは表情豊かで、各々の性格の特徴が出たポーズを取っている。周囲にいる大人を信頼しているからこそ、こんな無邪気な表情ができるのだ。

愛に溢れ、仲が良い家族だったことが、この一枚の絵からよく伝わってくる。

（……寝室にこの絵を掛け、あの方は夜毎《よごと》何を思っているのかしら……）

そんなことを思い、アンナリーザは背筋にゾクリとしたものを感じて身震いした。

ペトラルカを、そしてアンナリーザの父を恨んでいるに決まっている。アンナリーザが同じ立場なら、恨まずにはいられないだろう。

カーティスは、幸福だった頃の家族の絵を見て、怒りと恨みを毎晩募らせていたのだろうか。

（……もしかしたら、今夜、私は殺されてしまうのかも……）

あり得ないことだと思いたかったが、レストニア入りしてから自分に起きたことを振り返ってみると、あり得ることなのではないかと思えてくる。

まず、レストニア領内に入った途端、国民から罵詈雑言《ばりぞうごん》を浴びせられ、石や馬糞を投げつけられた。

次に、王城に着いたというのに、夫となるレストニア国王は出迎えなかった。それどころか大臣や宰相といった代理人となるべき身分の者もおらず、数名の女官が現れただけで、おまけにその女官たちはアンナリーザを徹底的に無視していた。

長距離かつ長時間にわたる旅路を終えたばかりのアンナリーザを問答無用で花嫁衣装に着替えさせたかと思うと、なんの事情も説明しないまま大聖堂へ送り込み、結婚式をさせた。

その後は本来あるべき披露宴もなく、再び王城へ帰されて、衣装を脱がされて風呂に突っ込まれ現在に至るわけである。

おまけに唯一連れてきた侍女まで行方不明である。

これはもう冷遇を通り越して虐遇《ぎゃくぐう》ではないだろうか。

(私、レストニアのペトラルカに対する悪感情を甘く見ていたのかもしれないわ……)

まさかここまで全方位から嫌われているとは思わなかった。戦争は終結したのだから、これからは手を取り合って復興を目指そう、という前向きな考えをする人が少なからずいてくれるのではと、甘いことを考えていたのだ。

(今夜私が殺されても、もしかしたら誰もわからないのでは……?)

なにしろ現在四面楚歌である。アンナリーザが死んだとて、それをペトラルカに伝える者は誰もいない。唯一いるとすればフィオレだが、彼女も行方不明の状態だ。

そして仮にアンナリーザが殺されたとペトラルカに伝わっても、今の王である事なかれ主義のマッシミリアーノは何もできないだろう。優しい従兄弟はアンナリーザの死を嘆いてくれるかもしれないが、報復を考えたりはしないはずだ。そんなマッシミリアーノの性格が、レストニア側に既に把握されているのだとしたら……？

考えれば考えるほど、自分が今夜殺される可能性が高いように思える。

血の気が引いて立ち尽くしていると、突然背後から声がかかって飛び上がった。

「何を見ているんだ？」

「きゃぁああああっ！」

盛大な悲鳴を上げて振り返れば、すぐ傍にガウンを羽織ったカーティスが立っていた。

(え!?　今気配も足音もしなかったわよね!?)

考えに没頭していたとはいえ、いつドアが開いたかもわからない。それどころか、こんなに近くに立っていたことにも気づけないなんて。

(猫でもまだ気配があるわ！)

バクバクする心臓を押さえながら涙目になっていると、カーティスは困ったように笑った。

「すまない。驚かせてしまったかな」

(……？)

その笑顔と謝罪に、アンナリーザはポカンとしてしまった。

(――カーティス陛下、よね……？)

笑顔だ。笑っている。結婚式で見た冷え切った無表情とは真逆の、温かい表情である。

そしてあの時はアンナリーザに対して一言も口を利かなかったのに、今は話しかけるだけではなく、謝罪まででした。

(か、顔は確かにカーティス陛下と同じだけれど……本物?)

一度見れば忘れられないような美貌だ。そうそう見間違えることはないだろう。

だがこの穏やかでにこやかな表情は、アンナリーザを明らかに嫌っていたあの花婿と同一人物とは思えない。

胡乱《うろん》げな眼差しで見つめているアンナリーザに、カーティスはハッと何かに気づいたように目を見張った後、自分が着ているガウンをサッと脱いだ。

何をしているんだろう、とそれを眺めていると、彼はそのガウンをアンナリーザの肩にかける。

ふわ、と自分のものではない香油の匂いがして、肌に温もりがじわりと伝わった。今は春だから寒さは感じていないつもりだったが、それでもこのスケスケのネグリジェでは薄すぎたようで、カーティスの体温の残るガウンがとても暖かく感じる。

「あ……ありがとう、ございます……」

やや呆然としつつも礼を言うと、カーティスはゴホンと小さく咳払いをした。

「いや……こちらこそ、そんなものを着せてしまって、その……すまない……」

どうやらアンナリーザのあられもない姿に同情して、ガウンをかけてくれたらしい。

そんなふうに常識的な行動を取られたら、この格好でいる自分が恥ずかしくなるではないか。アンナリーザは顔が赤くなるのを感じつつ、ガウンの前身頃を掻き合わせた。

「到着して早々結婚式だったのだ。疲れてはいないか？　どうして立ったままでいるんだ？」

カーティスはそう言いながらアンナリーザの背中をそっと押して、ベッドの方へ促してくる。

「さぁ、ここに座って。疲労回復に良い薬湯でも持って来させようか？」

「え……あ、あの……」

促されるままに、先ほど乗るのを躊躇《ためら》ったベッドの端に腰掛けながら、アンナリーザは大いに戸惑った。

「ん？　どうした？　薬湯じゃなく、何か別の飲み物の方がいいか？」

カーティスは優しく笑いかけてくるが、その笑顔が嘘くさく見えてしまうのは無理からぬことだろう。

やはり妙だ。優しい。優しすぎる。

なぜこんなに愛想がいいのか。結婚式での冷たい態度はどこへ行ったのか。

ギャップを狙うにしても、両極端すぎて胡散臭《うさんくさ》いことこの上ない。

誰だこれは。とても同一人物とは思えない。

（……もしかして、別人だったりするのかしら……？）

アンナリーザとの初夜が嫌で、よく似た別人を送り込んできた可能性はないだろうか。

国をあげて（？）アンナリーザを冷遇しようとしていたのだから、十分にあり得る話だ、と思ったものの、こんな超絶美形がこの世にもう一人いるわけがないと思い直す。

（やっぱり、ご本人、よね……？）

戸惑いながら、アンナリーザは首を横に振った。

「ご厚情、痛み入ります。ですが、薬湯などは結構です」

正直に言えば、薬湯に何を入れられるかわかったものではないと思ったのだ。

初夜を敢行《かんこう》するために、アンナリーザを眠らせて事に至る可能性もなきにしもあらずだ。別にそんなことをしなくてもこちらは拒むつもりはないのだが、向こうが面倒で手っ取り早く済ませたいと思えば、そういうことも考えうるだろう。

（……母国のペトラルカでは、ない話ではないし……）

一夫多妻制のペトラルカは、性に対して寛容な面がある。女性は男性の持ち物であるという考えが古くからあり、養っていける経済力があれば妻を何人娶《めと》っても良いことになっている。そのため、金で妻を買うといった悪しき習慣もあり、妻にしてしまえば何をしても良いと思っている野蛮な男性も多い。

妻に睡眠薬を盛るという話も、嫌がる女性を金で無理やり妻にした結果、抵抗されるのを阻止するための手段なのだろう。

（……私も伯母様に一服盛られたことがあるしね……）

折り合いの悪かった伯母との苦い思い出に顔を顰めながら、アンナリーザはすぐにその記憶を頭の中から振り払う。

胸糞の悪い話だが、ペトラルカはそういう男尊女卑の風潮が大変に強い国なのだ。

アンナリーザが断ると、カーティスは心配そうな顔をしながらも「そうか」と頷き、それ以上勧めようとはしなかった。

それにホッとしつつ、アンナリーザはゴクリと唾を呑む。

（……なんだかわからないけれど優しいし、今なら訊ねてもいいかもしれない……）

女官たちからは完全無視を喰《く》らっていたので、誰かと会話ができるだけでも無性に嬉しい。

「……あの、陛下」

「なんだ？」

「私に随行してきた侍女の姿が見えないのです。どこにいるのか教えていただけませんか？」

ずっと心配していたフィオレのことを訊ねてみると、カーティスが訝《いぶか》しげに眉根を寄せた。

「君の侍女？　……傍にいたのではないのか？」

傍にいないから訊ねているのだが。

心の中でツッコミを入れてしまったが、その苛立ちは決して表には出さない。

あくまでしおらしく、憐れっぽく見えるように眉を下げてみせながら続けた。

「いいえ、王宮に到着して以降、姿を見ていないのです。フィオレという名前で、私と同じくらいの年の娘なのですが……」

アンナリーザが言うと、カーティスは口元に手をやって少し考えるような仕草をする。

「……わかった。調べておこう。他に何か不都合なことはあるか？」

優しく訊かれて、アンナリーザは逡巡した。

女官たちの態度をカーティスに言うべきだろうか。

（……言えば、おそらく女官たちは告げ口をされたと思うでしょうね……。だとすれば、一時的に態度は改善されるかもしれないけれど、根底から変わるわけではない。彼女たちが私のことを王妃だと認め、信頼しない限り、この問題が解決することはないわ……）

ならば、それはカーティスの手を借りても意味がない。

アンナリーザ自身の手で、女官たちに認めさせなくては。

（……それに、この人を信用できるかどうかも、まだわからないのだし）

冷たかったり優しかったりするカーティスの二面性は、はっきり言って不信感しかない。

優しい顔の裏でアンナリーザを陥れようとしているかもしれないのだ。

「いいえ。何もございません」

にこりと微笑んで答えると、カーティスは少し驚いたように目を見張った。

「……ならばいいのだが」

「はい。……それよりも、陛下。私は務めを果たさなくてはなりません」

ベッドの傍で立ったままの夫に手を伸ばし、アンナリーザは彼の腕に触れる。

務め――レストニアとペトラルカを結び、両国間にこれ以上の諍《いさか》いが生まれないようにすること。

それはアンナリーザが正式にカーティスの妻とならなければ、成し得ないことだ。

「務め……」

「私を、あなたの妻にしてくださいませ」

その言葉の意味は、カーティスにも伝わったようだ。

彼は何かに耐えるように一度瞑目した後、再び瞼《まぶた》を開いて「そうだな」とため息のように言った。

そしてアンナリーザが座るベッドに、自身の片膝を乗り上げながら、屈み込むようにして顔を近づける。

整いすぎた美貌が迫ってくるのを、アンナリーザは挑むような気持ちで眺めた。

（……優しくとも、冷たくとも、この人が私の夫）

アンナリーザに選択肢がない以上、カーティスの本性がどちらであっても、受け入れるしかないのだ。

（ならば、義務はさっさと終わらせた方がいい）

どこか投げやりな気持ちでカーティスの青い目を見つめていると、彼がその目をフッと細める。

「……そんなに怯えないでくれ」

囁くように言われ、アンナリーザはハッとなった。

怯えている自覚はなかったのに、体が小刻みに震えていた。

「……お、怯えてなど……」

自分から促しておいて怯えていると知られて、悔しさと恥ずかしさが湧き起こる。咄嗟に誤魔化すように目を逸らすと、カーティスが困ったように微笑んで、アンナリーザの額に優しく口付けた。

柔らかな唇の感触が温かく、アンナリーザは不思議と心が落ち着いてくるのを感じる。

（……どうしてかしら。なんだか懐かしい感じがするわ……。まるで、こうされたのが初めてではないような……）

何かを思い出しそうな感覚がして瞬きをしたが、それはすぐに靄《もや》のようになって消えてしまう。

「酷いことはしない。大切に抱くと誓うよ。だから、どうか私を怖がらないで」

穏やかな低い声でそう言うカーティスは、何かを憐れむような、悲しむような微笑みを浮かべていた。

（……なぜあなたが悲しむのかしら……？）

政略で家族の仇《かたき》の娘を娶らなくてはならないからだろうか。だがそれならば、アンナリーザに『怖がらないで』などと言う理由はない。

「……あなたを怖いとは思いませんわ」

よくわからないが、それでもカーティスの微笑みが妙に心に刺さって、アンナリーザは慰める気持ちでそう言った。

「……本当に？」

「ええ。だってあなたは……とても、その、美しいし……」

『優しいし』と言おうとしたけれど、本当に優しいかどうかはわからない。だから苦し紛れに『美しい』と言ったのだが、カーティスはそれがおかしかったらしい。

おやおや、というように眉を上げると、嬉しそうに笑った。

「美しい男が好きなのか？」

まるで面食いであるかのように言われてしまい不本意だと思ったが、話の流れとして否定するのも変だ。

「美しいものを厭う人などおりませんわ」

「ふふ、なるほど。軽んじられやすいので好きではなかったが、おかげで君に厭われないなら、この顔に生まれて良かったと思うよ」

「まあ」

これほどの美貌で得をすることはあっても、損をすることはないと思っていたアンナリーザは、驚いて目を丸くした。

「こんなに美しいお顔を軽んじるなんて！　その者は目と価値観がどうかしているのでは？」

「ふ、はは！　そうかもしれないな。だが、君が私の顔を好いてくれると言うなら、他の者の意見などどうでもいい」

端正な美貌をくしゃりとさせた笑顔に、アンナリーザの胸がきゅうっと音を立てて軋《きし》む。

そんなことを言われたら、ただでさえ女官たちに冷遇されて萎《しぼ》んでしまっていた心が、嬉しくて一気に膨《ふく》らんでしまうではないか。

（……っ、やめてほしい……！　この人の本性がどちらなのかまだちゃんとわかっていないのに、そんなことを言われたら……！）

心を許してしまう。

まだ信用に足る人物と確信できていないのに、うっかり好きになってしまったらどうするのか。

（ダメよ……！　夫だけれど、敵か味方かわからない人なのだから！　好きになってから裏切られたら、私、きっと立ち直れない……！）

揺らぎそうになった警戒心を立て直すために、慌てて心に蓋をしようとしたけれど、その前にカーティスに唇を塞《ふさ》がれてしまった。

「ん……！」

さっき額で感じた柔らかさを唇の上に感じ、アンナリーザは驚いて目を見開く。

二度目のキスだ。一度目は結婚式の時で、触れたらすぐに離れていったけれど、今回は違った。カーティスは角度を変えて何度もアンナリーザの唇を啄《ついば》み、やがて歯列を割るようにして舌が侵入してくる。

「……っ！」

自分の口の中に他人の舌が入り込むなんて経験は初めてで、アンナリーザはビクッと体を揺らした。

目の前にはカーティスの透き通った瞳があって、そこに目を見開いた自分の顔が映っている。その光景になんだか見覚えがある気がして、アンナリーザは目を瞬く。だがその既視感《デジャヴュ》は感じたと思ったら消えてしまい、すぐに自分の状況を分析することに意識が向かった。

入り込んできたカーティスの舌にどう反応するのが正しいのかわからず、ひとまず動かずにいたのだが、彼の舌先が絡みついてきたので、思わず目をギュッと閉じる。舌の付け根をくすぐるように撫でられて、ゾクッとした震えのようなものが首筋を走り抜けた。それが何であるか判別する暇もなく、今度は上顎を擦られて、またもやゾクゾクが背中を駆け抜ける。そのゾクゾクは慄《おのの》きであるはずなのに、どうしてか気持ちいいと感じてしまうから、アンナリーザは驚いていた。

(……何!? なんなの、これは……!?)

キスには触れるだけのものと濃厚なものがあることくらいは知っている。なにせ、性に奔放《ほんぽう》なペトラルカの王宮では、性愛があちこちに溢れている。物陰に隠れてキスをしている男女を見たこともあるし、女官たちが当たり前のように猥談《わいだん》をしたりするから、純潔を守らなくてはならない未婚の女性であっても、ある程度の性知識が身についてしまうのだ。

そんな耳年増なアンナリーザでも、キスがこれほど濃密なものであることは知らなかった。

(……ああ、頭がぼうっとしてしまう……)

口の中で唾液が混ざる粘着質な水音が、自分の体の中を伝わって鼓膜を震わせる。脳に直接響くようなその音が、アンナリーザの意識を酩酊《めいてい》させていった。口を塞がれているので呼吸がままならず、息苦しいのに気持ち好くて、だんだん訳がわからなくなっていく。

やがてキスを終えたのか、唇を離して顔を上げたカーティスが、とろんとしたアンナリーザの顔を見下ろして、うっそりと笑った。

「……ああ、可愛いな、その顔」

ドキッと心臓が音を立てた。

我ながら単純で簡単だなと思いながらも、こんな美男子にキスをされて「可愛い」などと言われたら、ときめいてしまうのも無理はないのではないか。

心の中で必死に自己弁護していると、カーティスに肩をそっと押されてベッドの上に押し倒された。

ベッドのスプリングは極上で、後ろに倒れてもなんの衝撃もない。滑らかなシーツの感触を掌で感じながら、いよいよか、と唇を引き結ぶ。

女官たちの猥談を盗み聞きして得た知識の他に、輿入れ前に閨事の教師に初夜の心得を教えられた。

めしべとおしべの抽象的な話や、花嫁は夫なる男性に身を任せておけばいいという曖昧なアドバイス、そして初めての性交で女性は血を流し痛みを感じるが、それは最初だけなので我慢しろと言われた。

だがアンナリーザは血が苦手である。人が血を流しているのを見るだけで、自分の方まで痛いような気持ちになってしまい、体の力が抜けてしまうのだ。

(……大丈夫よ。血を見なければいいのだから。下を見ないようにすれば大丈夫。見たとしても、月のものの血だと思えばいい……)

月経の血は平気なのに、他の血がダメなのはどうしてなのだろう。

ともあれ、それに備えて覚悟は必要だ。

不安に唇を引き結んでいると、カーティスの大きな手が伸びてきて、頬をゆっくりと撫でられる。乾いた掌の感触に少しだけホッとして体の強張りを解くと、額にキスを落とされた。

「大丈夫、無体を働いたりはしない」

優しい声に目を開くと、微笑んでいるカーティスと目が合った。

(……やっぱり、きれいな人だわ……)

何度見てもこの男は美しい。母親似の女性的な美貌なのに、骨格がしっかりしていて男性にしか見えない。それが余計にこの人の美しさに凄みを与えているのかもしれない。

「君を可愛がりたいだけだ。安心して、力を抜いていて」

宥《なだ》めるような口調で言って、カーティスはアンナリーザが羽織っていたガウンを左右に開いた。

「……っ」

自分の体がカーティスの前に晒されているかと思うと、カッと頬に朱が走る。

何度も言うが、ガウンの下は例のスケスケのシュミーズ一枚だ。乳房の形も、腹も臍《へそ》も見られている状況に羞恥心が込み上げた。ガウンを掛けてもらうまでこのほぼ裸の状態を晒していたのだから今更という気がしないでもないが、あの時までは初夜の義務感が大きくて、このスケスケシュミーズに関して半ばヤケクソのような気持ちでいた。それなのに、カーティスが変に優しい気遣いを見せるから、ヤケクソ感が薄れて羞恥心が戻ってきてしまったのだ。

自分の体の上に視線が注がれているのを感じて、アンナリーザはまたギュッと目を閉じた。

（……っ、は、恥ずかしい……）

「きれいだな」

独り言のようにカーティスが言って、つい、とシュミーズの胸元を引き下ろす。

「あっ……」

ぽろりと乳房がまろび出る感触に目を開くと、カーティスの口の中に自分の乳首が吸い込まれていくのを目の当たりにして仰天した。

「きゃ……ひぁんっ！」

強く乳首に吸いつかれて、甲高い悲鳴が上がる。濡れた熱い口の粘膜の感触が、自分の胸の先にあることが信じられない。だがそれよりも、初めて味わう強烈な快楽に驚いていた。カーティスの舌が乳首に巻き付き扱《しご》き上げる度に、ビリビリとした熱い快感がアンナリーザを襲う。

カーティスはさらにもう片方の乳首も指で弄《いじ》り始める。指先でクルクルと捏《こ》ね回したり、二本の指でキュウッと引っ張られたりと、緩急をつけた刺激に、お腹の中心がジクジクと疼《うず》いた。

「ぁっ、……ぁあっ、ん、んぅ……へ、陛下、それ、ダメ……」

両方の乳首を同時に弄られると、もどかしいような、物足りないような、妙な熱を持ってくる。身の置き所がなくて堪らず腰を動かすと、カーティスが喉の奥で笑った。

だが彼は愛撫の手を止めることはなく、乳首にやんわりと歯を当てながら、もう片方を弄っていた手をするりと動かして下乳を撫でる。乳房の丸みを楽しむように指を滑らせた後、その手は触れるか触れないかくらいの強さを保って腹へと下りていった。

羽根のようなタッチで皮膚の薄い部分を触られると、くすぐったいのに、体の芯を震わせるような気持ち好さを感じて、ひとりでにビクビクと体が跳ねる。

（ああ、何、これ……恥ずかしいのに、気持ち好くて……なんだか、酔っ払ったみたいな……）

飲酒の経験は一度だけ、十六歳の誕生日に伯父に勧められて、葡萄《ぶどう》の蒸留酒を呑んだこ

とがあるだけだ。甘くて香りが良くて美味しくて、つい勧められるがままに杯を空けてしまったのだが、翌朝、地獄のような二日酔いを味わう羽目になった。それに懲《こ》りて以来、酒は呑まないことにしているが、酒を呑んでいる時の酩酊感《めいていかん》は嫌いではなかった。楽しくてずっとケタケタ笑っていた気がする。

今の熱に浮かされたようなフワフワとした感じは、あの酩酊感によく似ていた。

カーティスの手が腰を撫で、内腿を滑るようにして脚の付け根へと辿り着く。

「あ……！」

秘処に触れられる危うさに、本能的に怯えを感じて顔を上げると、いつの間にか胸への愛撫をやめたカーティスが顔を寄せて鼻先を擦り合わせてきた。大丈夫、とでも言うように額をくっつけられると、怯えが少し和《やわ》らいでしまうから不思議だ。

(私、どうしてこの人に安心しているのかしら……？)

夫だけれど、自分を殺すかもしれない人だ。冷たいと思ったらこんなふうに優しくて、訳がわからない。信用なんて到底できないはずなのに。

カーティスの指が、そっと閉じた花弁を割り開くと、中の泥濘《ぬかるみ》へと指を一本差し挿《い》れてきた。くちゅり、という微かな水音を耳が拾い、アンナリーザは恥ずかしさに泣きたくなる。

すると、カーティスがアンナリーザの寄った眉根にキスをして耳元で囁いてきた。

「大丈夫、体の力を抜いて」

その低い声に反応して体が安堵して強張りを解いた。だがどうしてこの人の声に安堵するのか、自分でもよくわからない。訝しく思ったが、カーティスが指を動かしてきたので、その疑問もすぐに頭から消えてしまった。

「少し動かすよ。苦しかったら言って」

「は、はい……」

自分の内側に他人の体の一部が入り込んでいる感触が、奇妙だった。

長い指が隘路《あいろ》を掻き分けるようぐるりと動く。絡みつく媚肉と戯《たわむ》れるように、指を曲げたり伸ばしたりしているのが、見えないけれどハッキリと感じられた。それが気持ち好いかどうかは、アンナリーザにはまだ判別がつかない。だが異物の侵入に、お腹の奥からとぷりと愛蜜が溢れ出すのがわかった。

「十分に濡れてきたね。指を増やすよ」

優しく告げられ、蜜口にもう一本指が埋め込まれる。

「～～ぁ、はぁ、……ん、ん……」

一本の時でも異物感があったのに、二本に増やされてさらにそれが強くなった。グニグニと膣壁を押され、尿意のようなものを感じて、きゅっと太腿に力が入る。

「中での快楽を得るのはまだ無理かな……」

カーティスが嘯《うそぶ》くように言って、泥濘に埋め込んだのとは別の指で、花弁の上の方を弄り始める。やがて小さな花芽を見つけ出すと、それをコリコリと撫で始めた。

「ヒャアッ！　ぁ、ああっ、な、ぁああっ」

これまでで一番強烈な快感に、背中が仰け反った。

その反応がお気に召したのか、カーティスが満足げに吐息で笑う音が聞こえたが、初めての快楽に翻弄されるアンナリーザにとってはそれどころではない。

弄られて芯を持った陰核を、カーティスの指が執拗に嬲《なぶ》る。泥濘から溢れた愛液を指にまぶすと、指の腹を使ってクルクルと撫ぜたり、二本の指でキュッキュッと摘んだりしてくる。

「は、ぁ、あぁあ……ダメ、ダメです、陛下っ……そんなに、したら……」

痺れるような疼痛《とうつう》は鮮烈で、甘美だ。そして容赦なく肉の悦びを無垢《むく》な体に刻みつける。

お腹の奥が熱い。じんじんとした甘い疼きが高まって、爆発しそうになっていくのがわかった。

この先にある何かが怖くて、アンナリーザはイヤイヤと頭を振ってカーティスに縋る。

だがカーティスは微笑むばかりで、一向に愛撫の手を止めてはくれなかった。

「大丈夫、そのまま快楽に身を任せるんだ」

低い囁きと同時に、陰核をギュッと摘まれる。

「ヒァアアァッ！」

鮮烈な快感に一瞬視界が白くなり、アンナリーザは背を弓形《ゆみなり》にして絶頂へと飛んだ。気持ち好い。体中の感覚が鋭敏になって、息を吹きかけられても快感を得てしまいそうだ。

ヒリヒリと張り詰めた感覚は、しかしほんの刹那《せつな》で、張った四肢がやがてゆっくりと弛《し》緩《かん》していく。快楽の名残りが、体の上をチリチリと走っているのがわかった。

「上手にイケたな。いい子だ」

絶頂の余韻でぼんやりとしていると、カーティスがそう言って頭を撫でてくれる。

それを嬉しいと思いながら目を閉じかけるアンナリーザを、カーティスが抱き起こした。

「え……？」

もう眠ってしまいたいのに、と思って目を開くと、彼はいつの間にか着ている物を全て脱いでしまったらしく、男性の裸体が見えて目をパチパチとさせる。

カーティスの体は、野生の悍馬《かんば》のようにしなやかで逞《たくま》しかった。丸く盛り上がった肩や、分厚い胸、ウエストはグッと引き締まり、ボコボコとした筋肉で複雑な陰影を描いている。

戦争では自らも剣を取って戦っていたという彼は、紛れもなく戦士の肉体をしていた。

彫像のようなその体に見惚れていると、カーティスがフッと笑ってアンナリーザのシュミーズに手を掛けた。

「え……？」

「私ばかり裸を見られるのは狡《ずる》いだろう？」

言うやいなや、スルリとシュミーズを頭から抜いてしまった。

「きゃ……！」

ほぼ裸だったとはいえ、一枚あるのとないのとでは心持ちが違う。アンナリーザは焦って両腕で自分の体を隠そうとしたが、それより早くカーティスの胡座《あぐら》の上に抱え上げられた。

「ええ……!?」

アンナリーザは困惑する。

お尻にカーティスの硬い脚の感触がして、モゾモゾしてしまう。裸同士なものだから、彼の肌の滑らかさや熱を直に感じて、どうしていいかわからない。

顔を真っ赤にして視線を泳がせていると、カーティスに顎を摑まれてキスをされた。

「ん、んぅ……！」

舌がすぐさま差し込まれる。先ほどよりも荒々しいキスだったけれど、もう経験済みだったせいか最初ほど焦らずに済んだ。するとアンナリーザに余裕ができたことに気づいたのか、カーティスが容赦なく舌を絡ませてくるものだから、解放された時には息も絶え絶えになっていた。

涙目でカーティスを見ると、息を呑むほどの美貌がこちらを見つめている。青い目が炯々《けいけい》と輝き、堪えきれない悦びに口元がうっすらと綻《ほころ》んでいた。

狙いを定めるかのようなその表情は肉食獣にも似ていて、それがただでさえ美しい顔に凄みを与えていた。

アンナリーザはゴクリと唾を呑む。

怖い、と思うと同時に、込み上げてきたのは得体の知れない高揚《こうよう》感だ。

伯父の手駒として育ったアンナリーザは、これまで異性と交際したことなど一度もない。

だからこんな時男性がどう思っているのかなんてわかるはずがないのに、目の前のカーティスの表情を見て、彼が自分を欲しているのだと本能的に理解できた。

（……この人は、私を求めているのだわ……）

それなのに、それを怖いと思わない自分が不思議だった。

男性が女性を求める――結婚し子どもを作るというごく自然な行為を、どこか恐ろしいと感じていた。嫁ぐ前にペトラルカで女官から閨指導を受けた時には、嫌悪に近い負の感情を覚えたものだ。

それは知らないものへの恐怖だったのか、或いは、女性の持つ防衛本能のようなものだったのかもしれない。

（この人は、怖くない……）

それがなぜなのかはわからない。だがアンナリーザは、カーティスの欲望の滲む表情を見ても、怖いと思わなかった。

（それどころか、私、この人に求められて、嬉しいと思っている……？）

会ったばかりの人だ。まだどんな人物なのか、敵か味方かすらわかっていない人を相手に、どうしてそんなふうに感じるのか、自分でもわからない。

だが、理屈ではないのだろう。

不可思議な高揚感に誘われるように、アンナリーザはカーティスを見つめた。

誰かの膝の上に乗るなんて、記憶では初めての体験だ。

幼い時分にはされていたのかもしれないが、なにしろアンナリーザは十一歳までの記憶が抜け落ちている。王宮に引き取られたのはすでに淑女としての教育が始まる頃だったので、抱っこなどされるわけがない。

（……それに、私は〝図々しい孤児《みなしご》〟だったみたいだし……）

そう呼んだのは、伯父の正妃だった。

王宮に引き取られた王弟の孤児を、王宮の女主人である正妃は気に入らなかった。自分の子として育てるには育ち過ぎているし、幸か不幸かアンナリーザの容姿は美しかった。

一夫多妻制であるペトラルカの王宮では、王宮に暮らす女性は全て王のものであり、王の愛人、ひいては側妃になりうる者だ。

ペトラルカでは親子やきょうだいでさえなければ結婚できてしまうため、姪とはいえ、あの好色な王が手を出さない保証はなかった。

正妃はペトラルカの上級貴族の出身だったが、王弟の娘であるアンナリーザの方が位は上であり、もし王がアンナリーザを妻にするとなれば、正妃の座はアンナリーザのものとなる。

要するに、正妃にとってアンナリーザは、自分の立場を奪うかもしれない脅威であったわけだ。だからその脅威の芽を早々に摘んでおこうと、伯母はアンナリーザの寝所に男を送り込んでくるようになった。処女でなければ、王の正妃にはなれないからだ。振り返ってみても、とんでもない伯母である。そこまでするかというやつだ。

このように伯父の王宮での生活は、衣食住は保証されたが、親として誰かが傍に寄り添ってくれたわけではなく、放置されたも同然だったのだ。何か必要な物——主に成長に合わせて必要になった衣類などだが——があっても誰かが気を利かせて用意してくれるわけではなく、自分で伯父に強請りに行かなければならなかった。その様が、『図々しい孤児』に見えたのだろう。

こんな具合に、アンナリーザが生きてきた環境は誰かに甘えられるようなものではなかったため、今夫となった人の膝に抱き上げられて、なんだか甘えたいような、ホッとするような、不思議な気持ちになってしまった。

（……何を考えているの、私。今はそんなことを考えている場合じゃないでしょう……）

なにしろ、お互いに全裸で事に至ろうとしている真っ最中である。

ホッとしている場合では全然ない。

そう思うのに、カーティスの肌とピッタリ密着していると、彼の高い体温がじんわりと自分に伝わってきて、どうしても気持ちが安らいでしまう。

アンナリーザが擦り寄せるようにして身を預けると、カーティスはクスッと笑った。

「可愛いな。仔猫みたいだね」

「猫……」

昔、正妃が飼っている猫に顔を盛大に引っ掻かれたことのあるアンナリーザは、少し複雑な気持ちになる。それまでは好きだった猫が、ちょっと苦手になってしまったのだ。

表情が不満そうに見えたのか、カーティスがアンナリーザの頬にキスをした。

「そんな顔をしないで。褒め言葉さ。猫は私の二番目に好きな動物なんだよ」

「……二番目」

そこは一番目と言ってほしかった。

ボソッと呟くと、カーティスはクックッと笑いを堪えるように肩を揺する。

「すまない、一番目は馬なんだ。馬は相棒だからね、譲れない」

「相棒、なんですか？」

「そう。馬は信頼している者でなければ言うことを聞かない。だが信頼関係が築ければ、戦場では人間よりも頼もしい相棒になるんだよ。それに、私は子どもの頃から特別に馬が好きでね。それこそ、馬小屋で眠ってしまうほどに」

「馬小屋で!?」

「そう。干し草に埋もれて、馬の傍で眠るんだ。……馬は立ったまま眠るから、一緒に眠ることはできないんだけど。でも、寝床を借りても文句を言わなかったよ」

まだ小さなカーティス少年が、馬とじゃれ合っている姿を想像して、アンナリーザはクスクスと笑った。あの肖像画の中の美少年が動物と戯れているなんて、さぞかし心温まる光景だったに違いない。

「それは、私も見てみたかったです」

「そう？　じゃあ今度、一緒に馬を見に行こう。乗馬はできるのだったかな？」

馬ではなく少年だったカーティスを見たかったのだが、アンナリーザは訂正せずに首を横に振った。

「いいえ。ペトラルカでは女性が馬に乗ることはありませんので……」

「そうか、それは残念だ。……乗ってみたいと思ったことは？」

「私も乗せてくださるの？」

「君が良ければだけど」

「嬉しいです!」

　乗馬経験はないが、馬に乗っている男性を格好良いと思ったし、あんなふうに馬と一緒になって風を切るのはどんな感じなのだろうかと憧れていたのだ。

　顔を輝かせると、カーティスは微笑んだ。

「もちろんだ。……すぐにとはいかないが、落ち着いたら、一緒に馬に乗って出かけよう」

　すぐにではないのか、と少し残念に思ったが、まだ嫁いで来た初日だし、予定が詰まっているのだろう。アンナリーザは詳しく問うことはせず、「はい」と頷くに留める。

　するとカーティスはイタズラっぽい色を青い目に浮かべ、するりとアンナリーザのウエストを撫で下ろした。

「……乗馬の練習は、ここでもできるよ」

　青い瞳に妖しい色を浮かべてそう囁くと、アンナリーザの内腿へと手を伸ばす。

「……っ」

　危うい場所に触れられて、鎮まりかけていた体の熱が再び戻ってきてしまう。小さく息を詰めると、宥めるように唇を啄《ついば》まれた。下唇を柔らかく食《は》まれると、頭の中がまたじんわりと甘く霞み始める。舌が差し挿れられると同時に、包皮の上から肉芽を捏ねられて体が跳ねた。

「んっ……ぅ、ふぅ、ん……」

　先ほどの絶頂の余韻がまだ体に残っているのか、軽く触れられただけなのに、体はあっという間に肉欲へと引きずられて熱くなっていく。時折先ほどの名残りの愛蜜をまぶしながらクニクニと弄られると、下腹部がきゅうきゅうと疼いて仕方ない。先ほど経験したばかりの高みを求めて、体が自然とくねってしまう。

「アンナリーザ、少し腰を上げて」

　キスの合間に囁かれて瞼を開けると、カーティスが微笑んでいる。その美しい顔に見惚れながら、言われた通りに腰を浮かせると、腰を掴まれて導くように引き寄せられた。

「あ……！」

　導かれた先にあるものを見て、ドキッと心臓が鳴る。

　カーティスの引き締まった腹の下から隆々と勃《た》ち上がっていたのは、男性器だった。

（……こ、これが、男の人の……。待って、大きすぎない……!?）

　初めて目の当たりにするそれは、もの凄く凶暴そうに見えた。キノコのような形をしているのに、赤黒く太い血管が何本も周囲に浮いていて、今にも何か恐ろしい生き物に変貌しそうだ。そしてなにより、太くて長くて大きい。とてもではないが、自分の中に入るとは思えない。

（こ、こんなものを入れたら、私の体、裂けて壊れてしまうのでは……!?）

真っ青になっているアンナリーザを余所《よそ》に、カーティスはその恐ろしげな物を手で摑むと、アンナリーザの股座《またぐら》に宛てがおうとしてくる。

「ま、待ってください……！　無理です、陛下！　そんな大きなもの、私の中には入りません……！」

焦ってカーティスの肩を押して訴えると、彼はきょとんとした後、プッと噴き出した。

「それは光栄だが」

「何がですか!?」

人の話を聞いていたのか、この王様は。

全く褒めていないのだが。

怯えるアンナリーザに、カーティスは苦笑して啄むだけのキスをしてくる。

「大丈夫、入るよ。女性の体は男性の体を受け入れるように神が創りたもうたのだから」

「そ、それは……」

そうなのだろうが。

確かにそうでなければ、女性は性行為のたびに大怪我をしているはずだ。

「で、でも……！」

アンナリーザはちらりとカーティスの腹の方へ視線をやった。そこには当たり前だがまだ凶暴そうな大きなキノコの化け物がいて、先ほどと変わらぬ存在感を醸し出している。

「大丈夫、夫婦なら誰でもやっていることだよ」

夫婦、という言葉に、アンナリーザはハッとなる。

(そうだわ。これは政略結婚なのだから、初夜を完遂しないと問題になってしまう……！)

自らの使命を思い出し、歯を食いしばって怖さを押し殺した。

「わ、わかりました。受けて立ちましょう……！」

決死の覚悟でそう言ったのに、カーティスは目を丸くした後、ブハッともう一度噴き出した。

「く、はははは！　う、うん、受けて立ってくれてありがとう……」

小刻みに肩を震わせながら「ありがとう」と言われても、あまり嬉しくない。

アンナリーザは少し剝《む》くれてしまったが、カーティスがもう一度キスをしてきたのでなんとなく怒りも流されてしまった。優しく口の中を舐められながら、腰を引き寄せられる。

カーティスの指が花弁を広げ、蜜の滴る泥濘に熱い屹立を宛てがった。

(……ほ、本当に、入るのかしら……？)

ドキドキしながら目を閉じていると、蜜口を目一杯押し広げるようにして肉棹が押し入ってくる。

「────っ!?」

指を入れられた時の比ではない圧迫感に、アンナリーザは目を見開いた。咄嗟に引こうとした腰を、カーティスの手が押し留めて撫でる。

「大丈夫、ゆっくり動いてごらん」

「で、できません、そんな……！」

「大丈夫、私に合わせて」

柔らかい囁き声に宥められるように、アンナリーザはカーティスの手の動きに合わせて腰を動かした。

慎重に腰を上下させると、太くて熱い肉がずり、ずりと少しずつ自分の内側に嵌《は》まり込んでいくのがわかる。痛みはないけれど圧迫感が激しくて、アンナリーザは眉間に皺《しわ》を寄せた。

「そう、上手だね。いい子だ」

アンナリーザのリズムで進めることに決めているのか、カーティスは自分では腰を動かさず、ただアンナリーザの頬にキスをしたり、背中を撫でたりして様子を見守っている。まるで子どもに何かを教える親のようだと思いながらも、決して無理強いをしない彼の態度に安心できた。

そうして腰を押し進める内に、ギチギチと肉が引き攣れるような感覚が、少しだけ滑らかになる瞬間があった。

するとそこでカーティスの手に腰の動きを制されて、両腕で抱き締められる。

「……？　陛下……？」

これで終わったのだろうかと思っていると、子どもにするように頭を撫でられた。その感触が嬉しくて、アンナリーザはそっとその肩に頭をもたせかける。

「すまない。この先は少し痛い思いをさせてしまう」

「え……」

「そのまま力を抜いていて」

低い囁きと同時に、鋭く腰を突き上げられた。

「――――ッ!!」

お腹の中を引き裂くような鋭い痛みに貫かれ、アンナリーザは背中を反らして全身を引き攣らせる。

あまりの衝撃に、声すら上げられなかった。

(痛い……！　痛い、痛い……！)

経験したことのない強烈な痛みに、目の前が真っ白になる。四肢が強張り、冷や汗で背中が濡れるのがわかった。

「すまない、アンナリーザ。痛いよな。ゆっくり呼吸をして、できるだけ力を抜いて……じきに痛みは去るから」

アンナリーザが痛みに耐える間、カーティスは優しく囁きながら、ずっと背中や頭を撫でてくれていた。全てが初めてのアンナリーザは、抱き締めてくれる彼の腕に縋るしかない。逞しい肩に顔を埋めるようにして深呼吸を繰り返していると、やがて稲妻のように鮮烈だった痛みがあっさりと引いていった。

あれほど痛かったのに、と拍子抜けする気持ちになると、今度は自分の内側に嵌まっている異物感が気になり始めた。

痛みはもうほとんどなかったが、大きな塊に蜜筒を埋め尽くされて、腹の中の圧迫感がすごい。

（……あんな大きなものが、本当に私の中に入っているんだわ……）

不思議な気持ちになって、そっと自分の下腹部に手をやった。

するとその身動《みじろ》ぎに気づいたカーティスが、体を離して顔を覗き込んできた。

「大丈夫か……？」

心配そうにしながらもどこか苦しげなその表情に、アンナリーザも心配になる。

「は、はい……。もう、痛みはあまりなくなりました。あの、陛下は？　痛みがあるのなら……」

自分もあれだけ痛かったのだから、もしかしたらカーティスにも痛みがあったのかもしれない。

だがカーティスは困ったように眉を下げて首を横に振った。

「私は痛くないよ」

「でも、なんだか苦しそうで……」

「苦しい……というよりは、我慢をしているからね」

「我慢、ですか……？」

何をだろうか、と目をパチパチさせると、彼は苦笑する。

「ああ。君の中が好すぎてね」

言いながら、アンナリーザと繋がっている部分に手を這《は》わせた。

「あっ……」

言われていることの意味を理解して、アンナリーザは顔を赤くする。

確か、男性は吐精しなければ終わりではないと、閨の教育係が言っていた。おそらくこれはまだ中途半端な状態なのだろう。

「どうやらもう大丈夫そうだな」

アンナリーザの様子を見て判断したのか、カーティスはそう言うと、ゆっくりと腰を動かし始めた。

「えっ、あっ……ん、んんっ……！」

今まで自分が動いていたからわからなかったが、カーティスの方から腰を突き上げられると、彼の形をはっきりと捉えることができる。ぎっちりと隙間なく収められているせいだろうか。重量感のある肉棒を自分の蜜口が咥え込んでいるのだという実感が込み上げてきて、お腹の中がきゅんと疼いた。

「……っ」

カーティスが一瞬何かを堪えるように眉根を寄せ、それから不敵な笑みを浮かべる。

「すごいな。初めてだというのに、もうこんな悪戯ができるのか」

「え……？」

なんのことかわからずに首を傾げたが、カーティスは取り合わなかった。

「なら、もう手加減は必要ないな」

うっすらと笑うと、鋭く腰を突き上げてくる。

「そ……ひゃあんっ！」

ズドン、と最奥まで押し込まれ、目の前に火花が散った。そのまま立て続けに何度も何度も猛烈に突き上げられて、アンナリーザの体がカーティスの上でボールのように跳ねる。乳房が上下左右に揺さぶられ、痛いほどだ。先ほどまでアンナリーザの体をあれほど気にかけてくれた彼が、今は容赦なく腰を振っていた。張り出したエラに膣壁を何度も抉られた蜜襞が戦慄き、自分を犯す男根に健気に絡みついていく。愛液はカーティスの動きを助けるように奥からどんどんと湧き出して、接合部から溢れ出しては粘着質な水音を響かせた。

「あ、ぁあっ、お、なか、熱い……っ」

子宮の入り口を突かれるたび、重怠《おもだる》い痛みのような熱が生まれる。その甘い熱は子宮を疼かせ、カーティスの熱塊をぎゅうっと締め上げた。

「アンナリーザ……！」

呻くように名前を呼んで、カーティスの動きが加速する。

奥の奥まで穿たれ、激しく揺さぶられ、上も下もわからなくなりながら、アンナリーザは頭の中が白く染め上げられていくのを感じた。

熱い。苦しい。――でも、気持ち好い。

カーティスの肉欲をぶつけられることが嬉しい。平常ではそんなことを考えもしないだろうに、肌と肌、粘膜と粘膜を合わせていると、彼と溶け合って一つになってしまいたいと感じてしまうから不思議だ。

自分の喘ぎ声、カーティスの荒い息、激しく軋むベッドの音、接合部から鳴る淫靡な水音――寝室に響くいろんな音が、どんどんと遠くなっていく。体が暖炉の熾火のように熱くなり、カーティスを呑み込んだ蜜筒がブルブルと収斂し、愉悦に四肢が戦慄き始めた。

(――ああ、何か、来る)

それが絶頂だと、アンナリーザはもう知っている。

「アンナリーザ！」

切羽詰まった叫び声とともに、重い一突きで根本まで熱杭を穿たれた。

その瞬間、体の中に溜まって凝り切った熱を吐き出すように、アンナリーザの全身にカッと快感が弾ける。

「ぁあぁっ…………」

啜《すす》り泣くような情けない悲鳴が口から漏れる。

光のような愉悦に意識が遠のいていく中、アンナリーザの内側でカーティスが爆《は》ぜた。

ドクン、ドクンと彼が波打つのを感じながら、アンナリーザはゆっくりと目を閉じたのだった。

第二章

目が覚めると、夫の姿はなかった。

シーツはすっかり冷たくなっているから、夫がいなくなったのはだいぶ前だったのだろう。

朝起きて一緒に朝食を摂るものだと思っていたアンナリーザはがっかりした。

(初夜の翌朝なのに……一緒に朝食を摂りたかったわ……)

朝食だけじゃない。二人でたくさん話がしたかった。

なにしろ、この四面楚歌だと思っていた王宮の中で、唯一アンナリーザを嫌っていない人だったのだから。

(最初はすごく冷たかったから、てっきり嫌われているとばかり思っていたけれど……)

きっと結婚式では、彼も緊張していたのだろう。それはそうだ。一生に一度のものだし、彼は国王として人々の前に立っていて、威厳を見せなくてはならなかっただろうから。

アンナリーザの父親が彼の家族を皆殺しにしているという重すぎる過去があるから、嫌われていたとしても当然だと諦めていたけれど、そうでなくて本当に良かった。

それでも二人の間にこの凄惨な過去が横たわっていることは事実で、朝起きたらそのことについて夫と話さなくてはと思っていた。アンナリーザが犯した罪ではないし、記憶はないとはいえ、ピエルジャコモが自分の父であることは確かだ。一度ちゃんと話をして、謝るべきだろう。

――そう決意していたというのに。

拍子抜けする気持ちと、寂しさとが綯《な》い交《ま》ぜになった気持ちでシーツを撫でていたが、それも仕方ないか、とため息をついた。

夫はこの国の王だ。戦争を終結させ国を再建して間もないのだから、やらねばならないことは山積みだろう。

たとえ初夜の翌朝だとしても、ゆっくりしている暇などないのだ。

(仕方ないわ。我慢しなさい、私……)

そう自分に言い聞かせたものの、それでもやっぱり寂しさは拭い切れなかった。

昨日までは、この国の全ての人たちから冷たくされ、誰も味方がいないと思っていたのだ。初夜の直前までは、自分は今夜殺されてしまうのかもしれないとさえ思ったくらいだ。

そんな中、寝室に現れたカーティスは優しかった。

アンナリーザの話を聞いてくれて、疲れていないかと心配もしてくれた。

（そ、それに……可愛いとも、言ってくれたわ……）

閨事の最中の言葉だったけれど、嫌いな相手には言わないだろう。

ベッドの中でもずっと気遣ってくれていたのがわかった。最後の方はアンナリーザも訳がわからなくなってしまったが、自分に触れる彼の手は労りと優しさのこもったものだった。

憎んでいる相手に、あんなふうに触れる人はいないだろう。

（あの方となら、きっと上手くやっていけるわ……）

半ば絶望しかけた結婚だったが、一筋の光を見出せて本当に良かった。

そう安堵しながら、アンナリーザはエイッとベッドから体を起こす。

夫が朝早くから起きて仕事をしているのだ。妻がいつまでも寝汚く寝室にこもっていてはいけないだろう。この王宮の女官たちは冷たいけれど、王妃としての務めを全うする姿を見せれば、いつかは認めてもらえるはずだ。

（初夜を完遂したのだから、私もこの国の王妃として正しい姿を見せなくては……！）

ヨシ、と気合を入れて、サイドボードの上にある呼び出しベルを鳴らした。

女官が入ってきたら、まずは笑顔だ。相手に歩み寄ってほしいのならば、まずは自分から歩み寄る必要があるだろう。

「…………」

そう思って笑顔の準備をしていたのに、待てど暮らせど誰もやって来ない。

「……聞こえなかったのかしら」

嫌な予感を振り払うようにしてもう一度ベルを鳴らすも、やはり誰も来なかった。

「……なるほど。そういうことね……」

アンナリーザは目を閉じて頷いた。

どうやら女官たちは、アンナリーザを主と認めるつもりはなさそうだ。

アンナリーザの指示には従わないし、仕える気はないという意思表示だろう。

「よろしい。そっちがその気ならば、私にだって考えがあるのですからね……！」

誰もいない寝室で勇ましく言ってみたものの、アンナリーザにできることなどない。

それでも気持ちだけでも強く明るく保っていかなくては、ここではやっていけない。

フン！　と荒く鼻息を吐き出すと、アンナリーザは自分の身支度をするためにベッドから降りた。

自分でドレスに着替えて髪を結んだ後、顔を洗うための水が欲しくて寝室を出ると、なんとそこにはちゃんと女官たちが待機していて、アンナリーザを見てせせら笑いを浮かべていた。

（……ベルの音もちゃんと聞こえていたのに、無視していたってわけね……）

だが一応寝室の外で待機していたということは、王妃であるアンナリーザの世話をしろと上から命じられていて、その職務を全うしていなければ叱られるということだ。上から叱責されないのなら、ここで侍ってすらいないだろうことは、彼女たちの小馬鹿にした態度を見ればわかる。

ならば、とアンナリーザは彼女たちに笑顔を向けた。

「ベルを鳴らしたのだけど……」

できるだけイヤミに聞こえないように優しい口調で言ったが、女官たちはしれっと肩を竦《すく》めた。

「それは申し訳ございません。聞こえませんでした」

その反応に、アンナリーザは少しホッとする。なにしろ、昨日までは完全無視だったのだ。挨拶しようが、話しかけようが、質問しようが、誰も何も応えてはくれなかった。

(あれに比べたら、応えてくれるだけでも随分マシだわ)

安堵から思わずニコニコしてしまったのだが、そんなアンナリーザに女官たちは怪訝そうな顔になった。それはそうだろう。無礼な態度を取っているのに愛想良くされれば、誰でも首を傾げたくなるものだ。

「そうだったのね。ベルが小さいのかもしれないわね。陛下に言って、替えてもらうことにします」

私は意地悪なんてされていません、とでもいうように言えば、女官たちは慌てたような顔になった。

　ここは国王夫妻の寝室であり、あの呼び出しベルはカーティスも使っているものだろう。それなのに女官が鳴っている音に気がつけないはずがない。

「だ、大丈夫です。私たちが耳を澄ませておくことにしますから！」

「そう？　ではお願いしますね。あ、そうそう、私、顔を洗う水が欲しかったの。用意してもらえるかしら？」

　笑顔を崩さずに言うと、女官たちは悔しそうに顔を歪めながらも頭を下げた。

　アンナリーザは寝室に戻ると、ドアを閉めてホゥと息を吐く。

（……ひとまず呼び出しベルのことは解決しそうね……）

　王族であるアンナリーザは、身の回りの世話をする人がいなくては生活できない。それは自分では何もできないという意味ではなく、王宮という場所がそういうシステムになってしまっているからだ。アンナリーザとて、水場へ足を運んで顔を洗っていいならそうする。だがそうしてしまえば女官の仕事を奪うことになるし、女官に命じられて水を運ぶ下働きの者たちの仕事をも奪ってしまうだろう。

（あの女官たち、私に〝女官は必要ないから解雇する〟って言われたらどうするつもりなのかしら……）

　もちろんそんなことをすれば色々不都合が起きるだろう。それは彼女たちがいないと生活に支障が出るという意味ではなく、政治的に問題が出るという意味だ。女官とは、すなわち王宮勤めをする貴族の女性だ。彼女たちを解雇することは、この国の多くの貴族に喧嘩を売ることと同義なのだ。

この国で生きていかねばならない以上、貴族たちとは仲良くしていくべきだ。

レストニアの国民から疎まれまくっているアンナリーザは、マイナスからのスタートになるため、これ以上の関係悪化は是が非でも避けたいところだ。

(売られた喧嘩は受け流す！　知らぬ存ぜぬを通して、意地悪をしても効果がないと悟ってもらうしかないわ……！)

人は反応がなければその内飽きるものだ。壁に意地悪をしても面白くはないだろう。無視されても意地悪されても無反応。これが最善策だ。

(それに、陛下もついてくださっているもの。意地悪になんてへこたれないわ。その内、フィオレのことも探し出してくださるはず……！)

女官たちの意地悪について、カーティスに告げ口をするつもりはない。

彼女たちとはその内仲良くなって、アンナリーザの味方になってもらわなければならないのだから、告げ口なんかしたら反感が募るだけである。

「とにかく、まずは信用してもらうこと……。頑張るわよ、私……！」

自分で自分を鼓舞しながら、アンナリーザの一日目が始まったのだった。

＊＊＊

結果から言うと、アンナリーザの一日目は、その後も散々だった。

女官たちは洗面道具を持ってきてはくれたが、道具を置いたらさっさと退出してしまった。どうやらアンナリーザの世話をするつもりはないようだ。

女官の仕事は王妃の身の回りの世話だけではない。王妃のスケジュールの管理や、重要人物への仲介といった連絡調整業務もその一つだ。いわゆる王妃の秘書のような役割であり、本来であれば異国から嫁いできた王妃には、レストニアの国と政治、そして社交界に精通した女官が付けられるべきところだ。

（……まあ、私は〝大悪党ピエルジャコモ〟の娘ですしね……）

仇敵の娘であるアンナリーザには、有能な女官を付けるどころか、みんなで虐めてやるくらいが丁度良いというわけだ。

だが女官たちにとって誤算だったのは、アンナリーザが普通の娘ではなかったことだ。

なにしろアンナリーザは打たれ強い。気づいた時には記憶喪失、おまけに両親は亡くなっていて、天涯孤独。引き取ってくれた伯父は幼い姪にも手を出しかねない好色漢で、さらにはそれに嫉妬した伯父の妻に嫌がらせをされ、しょっちゅう強姦魔を送り込まれるような生活をしていたのだ。

普通なら世を儚《はかな》んで神々の花嫁になっていてもおかしくないくらいだが、アンナリーザはそうはしなかった。愛想笑いと徹底したクライシスマネジメントで数々の危機を乗り越え、魑魅魍魎《ちみもうりょう》が跋扈《ばっこ》するペトラルカの王宮を生き延びたのだから、この程度の逆境は耐性がついている。

(有能な女官がいないというなら、私がなればいいじゃないの)

女官がなくとも女官の能力を自分が身につければいい。

(となれば、まずは情報収集よね。上手くいけば、フィオレの居場所も探れるかもしれないし……)

アンナリーザはひとまず王宮内を探索してみようと考えたのだが、その計画は早々に頓《とん》挫《ざ》してしまった。

なんと、部屋の前を屈強な兵士たちが常時見張っていて、アンナリーザが部屋を出ようとすると引き止めたのだ。

「必要がなければアンナリーザ様をお部屋から出すなと、陛下より命じられております」

兵士の態度は女官たちに比べれば丁寧だったが、その眼差しには冷たい軽蔑が浮かんでいて、彼らもまたアンナリーザを憎んでいることが見て取れた。

「陛下より命じられてって……どうしてです？　私がこの部屋を出てはいけない理由があるのですか？」

納得がいかず問い詰めたが、兵士たちは無表情のままだ。

「我々は陛下のご命令に従うまでです。疑問がおありでしたら、陛下にお訊ねください」

けんもほろろな対応に、アンナリーザは引き下がるしかなかった。

屈強な兵士の隙をついて逃げ出せるほどの身体能力は、アンナリーザにはない。

そんなわけで、今日アンナリーザは一日中、自分の部屋に閉じ込められていたというわけだ。

（どういうこと？　こんなの、軟禁よね？　なぜこんな真似を？　陛下の命令って本当かしら……？　ああ、こんなに難しい状況になるんだったら、フィオレを連れてこなければ良かった……）

隣国の王族である自分が軟禁状態なのだから、侍女のフィオレはもっと酷い目に遭わされている可能性がある。

今すぐ助けに行きたいけれど、部屋の前には兵士が見張っている。

如何《いかん》ともし難い状況に悶々としながら、アンナリーザは時間が過ぎていくのをただ待つことしかできなかった。

ようやく部屋から出ることを許されたのは、日がすっかり暮れた晩餐《ばんさん》の時間だった。

朝食と昼食は女官が部屋に運んできたが、夕食はダイニングでカーティスと摂るらしい。レストニアでは晩餐時には正装をするそうで、面倒くさそうに押しかけてきた女官たちに問答無用で着ていたドレスを剝ぎ取られ、かっちりとしたドレスに着替えさせられた。コルセットをこれでもかというほど締め付けられて、息をするのも苦しいほどだ。

そんなこんなですでに食欲は失せていたが、女官に案内されてダイニングへと行くと、長いテーブルの両端に席が設けてあった。

（……これはまた、随分と遠いわね……）

テーブルの端から端まで数メートルはあり、話をするのにも大きな声を出さないと聞こえないのではと思う距離だ。

（陛下は、まだいらしていないのね……）

きっと忙しいのだろう。

朝もいつの間にかいなくなっていたし、今日もこの時間まで顔を合わせていないが、時間があればきっと顔を見せてくれたはずだ。

（だって、馬に乗せてくれるとおっしゃっていたし……）

この冷たい人たちばかりの王宮で、自分に構ってくれる人がいると思うと、泣きたいぐらいに安堵が込み上げる。

(陛下はまだいらっしゃらないのかしら。早く会いたいわ……)

たった一日しか経っていないのに、もうあの優しい眼差しが恋しくなっている自分におかしくなる。

(……そういえば、私を部屋から出すなって……あれは本当に陛下が命じたことなのかしら……?)

カーティスがそんなことを言うとは思えず、アンナリーザは椅子に着席しながら考え込んだ。

(あの兵士たちが独断で私を見張っているとは、さすがに思えないけれど……。あの制服、確か近衛兵のものだったわよね。王の身辺を守る近衛兵が暇な訳がないもの。あの女官たちに買収でもされたのかと思ったけれど……でも、彼女たちが私を閉じ込めておく理由がわからないわ)

もし本当にカーティスが命じたのならば、何らかの理由があるはずだ。

それを訊いてみなくては。

ソワソワとしながら夫の到着を待っていると、やがてダイニングのドアが開かれてカーティスが入ってきた。

アンナリーザはパッと顔を輝かせて立ち上がったが、カーティスは仮面のような無表情のままアンナリーザには一瞥もくれなかった。長い脚でツカツカと自分の席まで行くと、給仕係が引いた椅子に腰を下ろす。そして無言のまま片手を上げ、給仕係に晩餐開始の合図を送った。

椅子から立ち上がった体勢のまま、半ば呆然とその姿を見つめる。

（え……？）

なんだか、カーティスの様子が変だ。

昨夜見せてくれた温かい表情はどこにもなく、それどころかここにいるアンナリーザに声をかけようともしない。

（……どういうこと……？　なんだか、結婚式の時に戻ってしまったみたい……）

離れた席で悠然《ゆうぜん》と座るカーティスをまじまじと見つめた。アンナリーザの視線を感じているだろうに、こちらを見ようともしない。

その冷淡な態度は、アンナリーザを無視する女官たちと同じだった。

「――王妃様、どうぞお席にお座りください」

席に座ろうとしないアンナリーザを見かねたのか、給仕が囁いてきた。

（――そう、そういうこと……）

アンナリーザは給仕に促されるまま、ストンと椅子に腰を下ろす。

給仕がホッとしたように「食前酒をお持ちしますか」と訊ねてきたが、「いいえ」と首を横に振った。二日酔いが怖いし、そんな気分でもない。

遠い対面に座る夫は、優雅な手つきでグラスを持って食前酒を味わっている。

やがて前菜がサーブされて晩餐が始まったが、その間、彼は一向に喋《しゃべ》る気配がない。

スープが置かれても、魚料理が置かれても、ただひたすら食事を食べるだけで、妻の姿が見えていないかのようだ。

既視感を覚えて、アンナリーザは唇を噛んだ。

（……完全無視、というわけですの……、そうですか……）

女官たちと同じだ。

アンナリーザを許さない、認めない――そう主張したいのだとわかる態度だ。

確かに、自分の家族を殺した仇の娘なのだから、そう思うのは無理もない。

だがそうならば、腑に落ちないのは昨夜の彼の態度だ。

（私が嫌いで、憎いというなら、どうして昨夜はあんなに優しくなさったの……？）

こんなふうに冷たくするのならば、最初から優しくなどしてほしくなかった。

うっかり心を許しかけてしまったではないか。

（……あなたを見て顔を輝かせる私は、さぞかし滑稽《こっけい》だったでしょうね……！）

裏切られた――そう感じるのは、カーティスにとって心外だろう。

『お前が勝手に心を許しただけで、こちらは最初からお前のことなど大嫌いだったのだ』

――そう言われるに違いにない。

（ええ、もう、よくわかりましたわ。この王宮に、私の味方は一人もいないということが！）

もう騙されない。もう誰も信じない。

軟禁も彼の命令で間違いないだろう。親の仇の娘に王宮を歩き回ってほしくないとか、そういう感情的な理由であってももう驚かない。

悔しさと悲しさにじわりと眦《まなじり》が熱くなったが、絶対に泣いてなどやるものか。

涙を堪えつつも、アンナリーザはヒラメのポワレを口に入れた。

食欲など一切なくなっていたけれど、こういう時こそ食べておかなくてはならない。

（心が折れかけた時は、体も壊してしまいがちだもの。食べ物は、栄養。栄養は力よ。いざという時に備えて、力を蓄えておかなくては……！）

そう肝に銘《めい》じるのは、過去の痛い経験からだ。

伯父に引き取られたばかりの時、自分の身に降りかかった不幸を嘆いて泣き暮らし、まともに食事を摂らなかった。当然痩せこけて力が出なくなった頃に、伯母がアンナリーザを穢《けが》すために男を送り込んできたのだ。驚いたアンナリーザは逃げようとしたが、碌《ろく》に食べていなかったので力が出ず、あっという間に組み伏せられてしまったのだ。あわやという時に、偶然にもフィオレが様子を見に部屋に来て男に気づき、大声で衛兵を呼んでくれたので難を逃れたが、フィオレが来てくれなかったらアンナリーザは男の魔の手にかかっ

ていただろう。

その時に誓ったのだ。これからは何があっても食を疎《おろそ》かにしないと。

いざとなった時、本当に頼れるのは自分の体力だ。

今夜の晩餐は、味などもう感じない。だが、意地でも全部食べ切ってやる。

悔しさをバネに、アンナリーザは新たにサーブされたステーキの肉を嚙みちぎったのだった。


カーティスへの恨み言を心の中で唱えながら、陰鬱とした晩餐を終えたアンナリーザだったが、自室へ戻って喫驚《きっきょう》することになった。

なんと行方不明だった侍女のフィオレが、アンナリーザの部屋にいたのだ。

夫婦の寝室の続き間となっているこの部屋には、ドレッサーやクローゼット、そしてソファとテーブルが置かれていて、フィオレはそのソファの脇に所在なげに佇んでいた。

「フィオレ！」

「アンナリーザ様！」

弾けるように駆け出して、アンナリーザはフィオレを抱き締める。フィオレもまた、アンナリーザを抱き締めて体を震わせた。

「ああ……無事で良かった……！　心配したのよ……！　生きていてくれて良かった……！」

「申し訳ございません……！　ああ、アンナリーザ様、何事も起きていなくて、本当に良かった……！」

二人はお互いにしがみつくようにして抱き合いながら、込み上げるままに涙を流した。

離れ離れになっていたのはたった二日だったが、この誰も味方のいない王宮では、二ヶ月にも思えるほどの時間だった。

アンナリーザが抱擁を解いてフィオレの顔を覗き込んでいると、「クスッ」という微かなせせら笑いが聞こえてきた。

（——そうだった。ここにはまだ女官がいるんだったわ……）

サッとそちらに目をやると、ドアの手前の所に、赤毛を結い上げた壮年の女官が白けたような表情をして立っている。アンナリーザの世話などするつもりはないが、女官という立場上仕方なくここに待機し、すぐに出ていけるように、ドアの傍を立ち位置にしているのだ。

この部屋にはアンナリーザとフィオレ、そして赤毛の女官しかいないので、先ほどの嘲《ちょう》笑《しょう》は間違いなくあの女官だ。

「アルマベール伯爵夫人」

アンナリーザが女官を爵位で呼ぶと、彼女はギョッとした顔になった。

さもあらん。女官たちは皆、主であるアンナリーザに自己紹介すらしていないのだ。名乗っていないのにアンナリーザが名前を知っていることに驚いたようだ。

おそらく、アンナリーザのことを何もできない王女様だとでも思っていたのだろう。

だが残念なことに、見たり聞いたりするものから情報を収集し、できるだけ正確に状況を把握することは、アンナリーザは慣れているし得意とするところだ。ペトラルカの王宮で少女の頃からやってきたことなのだから。

(私に名乗ったことがなくとも、女官同士で呼び合っていれば、名前や爵位なんて簡単に把握できることなのに……)

赤毛の女官は他の女官たちに指示を出していたため、おそらく彼女が一番古参の女官であること、そして伯爵夫人という敬称からアルマベール伯爵の妻だということが、これまでの観察からわかっているし、その他の女官たちの名前や素性などもある程度把握している。

だがアルマベール伯爵夫人にしてみれば、アンナリーザから観察されているなんて思いもしなかったらしい。

(本当にこの王宮の女官たちは、私のことをバカにしているのね……)

頭に藁《わら》でも詰まっているとでも思っているのかもしれない。

それを撤回させるか、利用するかは悩むところだが、ひとまずおいておこう。

今はフィオレが優先である。

アンナリーザはにこりと微笑みを浮かべて言った。

「私の侍女と二人きりにしてちょうだい」

笑顔で、けれど毅然とした口調で言えば、アルマベール伯爵夫人は一瞬目に怒りを閃かせる。やんわりとはいえ、アンナリーザに命令されたことに腹が立ったのだろう。

だがアンナリーザが全く怯まず、ひたと夫人の目を見つめ続けると、小さく舌打ちをした後、一礼して部屋を出て行った。

バタン、とドアが閉まる音がするのを待ってから、アンナリーザはフィオレをソファに座らせる。

たった二日なのに、なんだか窶《やつ》れてしまったように見えた。

「顔色が悪いわ。具合が悪いの？　体はなんともない？　誰かに何かされたわけではないわよね？」

フィオレの丸い頬に触れながら、どうか最悪の事態にはなっていませんようにと心の中で祈りつつ訊ねると、彼女は「大丈夫です」と微笑んだ。

「アンナリーザ様こそ、何か酷いことはされていませんか？」

「……ええと、そうね、色々話したいことはあるけれど、まずはあなたが今までどうしていたのかを教えてちょうだい」

この国の人たちから総スカンを食らっていることを話そうかと思ったが、長くなりそうだったので後回しにした。

するとフィオレは悔しそうにため息をついて語り出した。

「王宮に着いてすぐに、女官の一人からキッチンへ行くようにと命じられまして……」

「キッチンですって!? どうしてそんな所へ!?」

キッチンメイドは、メイドの中でも下の位の者がなるもので、力仕事や水仕事などの重労働が主な内容だ。貴族出身の娘ができるようなものではない。

「私も何度もこれは手違いで、私はアンナリーザ様付きの侍女だと説明したのですが、誰も取り合ってくれず……。ずっとキッチンメイドとして、お鍋を洗わされていたのです」

「まあ、なんてことなの……こんなに手が荒れてしまって……!」

フィオレは伯爵家の令嬢で、水仕事などしたことがなかっただろう。白くふっくらしていた手は荒れて赤くなっている。

「持ってきた軟膏があったはずよ。これをお使いなさい」

アンナリーザがペトラルカから持ってきた軟膏の缶を渡すと、フィオレは涙を浮かべながら礼を言った。

「ありがとうございます。……ああ、もう二度とアンナリーザ様にお目にかかれないかと思っておりました。こうして無事にお会いできて、本当に良かった……！」

　またポロポロと涙を流すフィオレが憐れで、アンナリーザはその丸い背中をヨシヨシと撫でた。いつもは落ち着きがあって穏やかなフィオレが、こんなに泣く姿は初めて見た。

「でも、そんな状況からよく私の所に戻ってこられたわね。どんな方法を使ったの？」

　その疑問に、フィオレは泣いていた顔をパッと明るくして答える。

「陛下です」

　まさかの答えに、アンナリーザは目を丸くしてしまった。

　先ほどまで一緒に食事をしていた、冷酷無情な男の顔が脳裏を過ぎる。

　アンナリーザを完全無視して、優雅に食前酒を呑んだり、食べた料理について給仕係に話しかけたりしていた。何が「このチーズの産地はどこだ？」だ。そのチーズを顔にぶつけてやりたい。

（……確かに昨夜フィオレを探してとお願いしたけれど。私を無視するくらいに嫌っている人が、私のお願いを聞いてくれるわけがないわよね……？）

　今日の晩餐時のように、自分のお願いも無視されて終わるだろうと思っていたのだ。

「えっと、誰ですって？」

　きっと聞き間違いだろうと訊き返すと、フィオレは顔を輝かせてもう一度言った。

「国王陛下ですわ、アンナリーザ様。陛下がキッチンまでいらっしゃって、〝フィオレという者はいるか〞と私を探しに来てくださったのです！」

「……国王陛下が……」

アンナリーザはやや呆然と鸚鵡《おうむ》返しをする。

「陛下は私を見つけると、アンナリーザ様のお部屋まで連れて来てくださって、女官たちに〝この者はペトラルカの女官だ。ペトラルカの者を不当に扱えば、彼の国の軍隊を我が領地に踏み込ませる原因となる。そのことを肝に銘じて行動せよ〞とおっしゃったのですわ。女官たちは悔しそうにしておりましたが、陛下のおっしゃることに納得したのか、私にキッチンに戻れとは言いませんでした」

「そう、だったのね……」

頭が良いな、とアンナリーザは思った。

その言い回しなら、ペトラルカを憎む女官たちの敵意を否定せず、ペトラルカからやって来た者たちに対する処遇を改めさせることができる。

（でも、どうして……？　あの方は私を憎んでいるのではないの？　それならなぜ私の頼みを聞いてくれたりしたのかしら……？）

アンナリーザを無視するほど嫌いなのだから、フィオレのことも放っておけば良かったはずだ。

それなのに、わざわざ自分が出向いてフィオレを助けに行ってくれた。

（……優しいのか、冷たいのか……あなたは一体どういうおつもりなのかしら……）

自分の夫となった人を理解しかねて、アンナリーザは頭を抱えた。

この先カーティスに対してどういう態度を取ればいいのか、全く見当もつかない。

（……まあでも。さっきの調子なら、陛下と顔を合わせることはそうないでしょうし。考える時間はまだあるわね）

ずっと無視し続けるくらいだから、一緒に食事をしたいとは思っていないはずだ。アンナリーザが今後は自室で食事をすると言えば安堵こそすれ、ダメだとは言わないだろう。アンナリーザも自分を無視する人と一緒にいたくはないし、彼も一人でゆっくり食事ができる。一石二鳥とはこのことだ。


——そう思っていたのだが。

アンナリーザはポカンとして目の前の男の顔を見た。

寝ようと思ってベッドに入ったら、王の部屋へ続くドアが開いて、夜着姿のカーティスが現れたのだ。

アンナリーザに与えられた王妃の部屋には、ベッドがない。ベッドは続き間になっている夫婦の寝室にしか置かれておらず、当然ながらそこで眠るしかない。

だがカーティスの方は、この王宮の主だ。客間でも愛人のベッドでも、眠る場所は選び放題のはずである。

(愛人がいるかどうかは知らないけれど……)

ともあれ、彼は選択肢のないこちらとは違い、どこか別のベッドで眠ることができるはずだ。

初夜を完遂したので、アンナリーザにもう用はないだろうに。

「な、なぜここに……!?」

驚愕の表情で訊ねると、カーティスは少し悲しそうに笑う。

「その反応、少し傷つくな……」

（いやあなたに言われましても）

うっかり口が滑るところだった。滑らなくて良かった。

いやはやそれしても厚顔無恥も甚《はなは》だしいとはこのことか。妻を完全無視した夫のセリフではない。さっきのダイニングでの自分の態度を忘れたのか。いい性格をしているな。

頭の中で怒濤《どとう》のような勢いでツッコミを入れつつ、それでもアンナリーザは引き攣る頬に力を込めて微笑んでみせた。

「……それは申し訳ございませんでした……。その、まさか陛下が今夜もいらっしゃるとは思っておりませんでしたので……」

これはイヤミのように聞こえるかもしれないが、本音である。

あんなにあからさまに無視するくらい嫌いな妻のところへ、なぜわざわざ顔を見せに来たのだろうか。

だがカーティスは、そんなことを訊かれること自体が摩訶《まか》不思議、といった表情で首を捻った。

「ここは私の寝室でもあるのだが……」

(それはそうでございますけれどもねー！　そういうことを言っているのではないのですよねー！)

アンナリーザは心の中でもう一度ツッコんだ。

「ですが、陛下はこの国の王でいらっしゃいますし、ここで眠らずとも、他のベッドがたくさんおありでしょうし……」

やんわりと一緒にいたくないと言ったつもりだったが、カーティスは眉をピクリと上げた。

スタスタと大股で歩み寄ってくると、すでにベッドの中にいるアンナリーザの両手を摑んだ。

「私に愛人などいない」

「えっ……」

なるほど、アンナリーザの言う『他のベッド』を愛人の隠喩だと思ったらしい。そういう人がいるのかもしれないと軽く予想はしていたが、いないそうである。——まあ、自己申告でしかないが。

(私に本当のことを言っているかどうかなんてわからないもの)

なにしろこの夫は、無視をしたり優しかったりと、二面性が激しい。信用できるわけがない。

「そうなのですか」

適当に相槌を打ったが、信じていないのが伝わったのか、カーティスがもう一度言った。

「私は愛人を持たない。一夫多妻制のペトラルカと違い、我が国は一夫一妻制だ。そして私は敬虔なるヨセフ教の信徒だ。私の妻は生涯君一人だし、不貞行為は絶対にしない」

その真剣な表情と口調に気圧されてしまい、アンナリーザはタジタジになりながら頷く。

「そ、そうなのですね……」

「私は君にも同じことを求める。夫は生涯私一人、そして不貞行為は決してしないと」

「そ、それはもちろん！　そんなことは絶対にしませんわ！」

アンナリーザは慌てて頷いた。

この政略結婚に乗り気だったわけではないが、夫となる人とは信頼し合える家族になりたいと思っていた。信頼してもらうためには、相手に誠実であることは必須だ。

(私にたくさんの嫌がらせをしてきた伯母様だって、伯父様が他に愛人を作らず、伯母様を大切にされていたら、きっとあんなふうにはならなかったはずだもの……）

アンナリーザがペトラルカの王宮で常に貞操の危機に晒されていたのは、元はと言えば伯父が好色漢だったからに他ならない。もしペトラルカが一夫一妻制で配偶者を大切にする国であったなら、自分の安眠は守られていただろうに。

だからアンナリーザは、たとえ結婚相手を愛せなくとも、他に愛人を作ろうとは全く思っていない。

「私に夫以外の男性など必要ありませんわ」

キッパリと言うと、カーティスはホッとしたように微笑んだ。

「そうか。ならば同じだな。私にも君以外必要ない。君が私の最初で最後の妻だ」

青い目でじっと見つめられながら言われて、アンナリーザの胸がドキッと音を立てる。

だがそんな自分をすぐに叱咤する。

（――って、何をドキッとしているの、私は……！　晩餐時の悔しさを思い出しなさい……！）

コホン、と一つ咳払いをすると、アンナリーザはカーティスに握られていた手をそっと抜き取った。カーティスは「おや？」というように眉を上げたが、素知らぬ顔で居住まいを正す。

「昨夜、初夜は滞りなく完遂されましたから、もうこちらにはいらっしゃらないかと……」

この結婚はあくまで政略で義務以上のことはあなたには求めませんよ、という意味を言葉を選んで伝えたつもりだったが、カーティスは悲しげな微笑みを浮かべた。

「私は今夜も君と過ごしたいと思ったんだが……」

夫婦の寝室に沈黙が降りる。

「は……？」

思わずドスの利いた声が出てしまった。

（何を言っているのかしら、この人……）

どの口でそんなふざけたことを言っているのだろうか。

自分でもうんざりするくらい繰り返すが、さっきこの男は食堂でアンナリーザを盛大に無視してくれたのである。しかも、給仕やメイドがいる前で、である。今頃あの場にいた使用人たちの口から、国王が妻を嫌っていて無視しているという噂が王宮中に伝わっていることだろう。

その結果、ここでのアンナリーザの立場は悪くなる一方というわけだ。

このお綺麗な顔に落書きしてやりたい、と心の底から思ったが、アンナリーザはその怒りをグッと堪えた。

フィオレの件を思い出したからである。

カーティスはアンナリーザの頼みを聞くために、人を使うのではなく自らフィオレを探し出し、アンナリーザのもとに戻してくれた。

（この人……行動があまりに両極端で、どういうお考えなのかさっぱり予測できない……）

何を考えているのかわからない相手と接するのは、怖いし難しい。

慎重にならなくては、とカーティスの表情を窺っていると、彼は目を伏せて肩を落とした。

「嫌なら諦めるが……」

（うっ……！）

麗しい美貌が悲しげに曇るのを見て、感じなくても良いはずの罪悪感が込み上げてくる。

さっきは落書きをしてやりたいとまで思った顔なのに、そんな哀愁《あいしゅう》漂う表情をされたら、胸が勝手に痛んでしまうではないか。

「い、いえそんな……嫌ではありませんが……」

うっかりそんな返事をしてしまって、アンナリーザは自分の頭を叩きたくなったが、カーティスはパッと顔を輝かせた。

「そうか！　嬉しいな」

その笑顔があまりにも屈託がなく、アンナリーザはそれをどう受け止めていいかわからなくて、ひどく曖昧な表情になってしまう。

(……この人、本当に一体どういうつもりなのかしら……)

だがどれほど自分の中で考えてみたところで、相手が何を思っているのかなどわかりようもない。

とはいえ四面楚歌の王宮の中で、国王であり夫であるこの男が何を考えているのかわからなければ、自分と唯一の味方であるフィオレの命も危うい。

(そうよ、私の肩にはフィオレの命もかかっているのだもの。このままで良いはずがないわ。この厳しい状況を変えるために、この人が何を考えているのかを知らなくては。でないと、本当に食べ物すら与えてもらえない状況になりかねない……!)

主であるはずのアンナリーザを無視し続ける女官たちとの関係も、裏表のある夫との関係も、歩み寄り、対話をしなければずっと膠着《こうちゃく》状態のままだ。

何かを変えたいならば、まずは自分から動かなくては。

アンナリーザは決意すると、夫にまっすぐに向き直る。

「あの、陛下。お訊ねしたいことがあるのですが、今、よろしいでしょうか?」

真剣な顔になったアンナリーザに、カーティスはわずかに目を見張った後、ニコリと微笑んだ。

「もちろんだ。私も君に訊きたいことがたくさんある」

「えっ？　私に訊きたいことがおありになるのですか？」

自分から言い出しておいて、向こうからも質問がくる展開は想定していなかった。無視していたくらいだから、てっきりアンナリーザには興味がないのだろうと思っていたのだ。

だがカーティスは『当たり前だろう』と言わんばかりに肩を竦める。

「それはそうだろう。私は君のことをほとんど知らないのだから。夫婦というものは、お互いに理解し合って支え合うものだ。そうは思わないか？」

至極真っ当なことを言っているが、しつこいようだがこの男は、夕食時にはあからさまに無視してくださったお方である。

(――開いた口が塞がらないとはこのことでは？)

「さすがは陛下ですわ！」

「君ならそう言ってくれると思っていたよ。では、お互いの理解を深めるために、交互に一つずつ質問し合うことにするのはどうかな？」

「良いアイデアです」

「よし、では私から」

あなたが先なんですか、と今日何度目になるかわからないツッコミを入れたくなったが、もちろん入れなかった。

なんだかすっかり向こうのペースになってしまっているが、話を聞いてくれるだけマシだろう。

（ニコニコしているけれど、きっと訊きたいのは、父のことでしょうね……）

なにしろ、ペトラルカの英雄アンナリーザの父ピエルジャコモは、この国ではカーティス以外の王族を皆殺しにした大悪党である。悪虐非道の父を持つアンナリーザを忌み嫌う空気が蔓延《まんえん》しているこの王宮で、これまで誰からも追及されなかったことの方が不思議なくらいだ。

もちろんアンナリーザとしては、触れてほしい話題では決してないが、この国に骨を埋めるならば避けては通れない試練のようなものだ。

（さあ、大悪党の娘として、受けて立ってみせますわよ！）

そう意気込んだアンナリーザは、カーティスから訊かれたことに拍子抜けしてしまった。

「君は小さい頃、どんな女の子だった？」

「え？　小さい頃、ですか……？」

思いがけない内容に、目をパチパチと瞬く。

「そう、小さい頃。我々にもいずれ子どもができるだろう。君に似た子ならどんな子どもになるのだろうと思ってね。君と結婚してから、どんな子が生まれるのか想像するのが楽しくてさ……」

「なっ……」

円満な新婚夫婦の惚気《のろけ》のようなことを言われ、アンナリーザは顔が真っ赤になってしまった。

「そ、そ、そんな、まだ身籠《みごも》ってもいないのに……！」

何を言っているのだ、この人は、とアワアワしながら両手で顔を覆うと、カーティスがクスッと笑った。

「どうして？　もうそのお腹にいるかもしれないだろう？」

囁くように言うカーティスの目には、艶めいた光が浮かんでいる。

その艶っぽさに、昨夜の初夜の記憶がまざまざと蘇り、アンナリーザは頭が沸騰しそうになった。

「そ、そそ、そんなにすぐに、身籠ったり、しません、わ……」

多分。よくわからないが。

「じゃあ今夜も頑張らないといけないね」

「な……!?　が、がが、頑張るって、そんな、あの……!?」

盛大に吃《ども》りつつ呻くように言うと、カーティスが軽快な笑い声を上げる。

「あははは！　ごめんごめん、そんなに恥ずかしがるとは思わなかった。ナリは初心《うぶ》だな」

「ナ、ナリ？」

いきなり愛称のようなもので呼ばれて、アンナリーザはまた目をパチパチさせた。次から次に突拍子もないことばかり言われて、目が回りそうだ。

「そう呼んでもいいかい？　夫である私だけが呼べる愛称が欲しくてね。それとも、もう慣れ親しんだ愛称があるのかな？」

「え、あ、の、……いえ、愛称は特には、ありません……」

ペトラルカでは、王であった伯父が『アンナリーザ』と省略しない形で呼んでいたせいか、愛称を付けられたことはなかった。

「そうなのか？」

「……はい。もしかしたら、幼い頃にはあったのかもしれませんが……。ご存じだと思いますが、私は十一歳から伯父である国王陛下に引き取られ、育てていただきましたので。伯父が名前を省略することを好みませんでしたから、皆それに倣《なら》っていたのでしょう」

アンナリーザが言うと、カーティスはフ、と吐き出すように笑う。

「ああ、そうだ。君はまだ子どもの時期から伯父上に育てられたのだったね。あの悪魔は火事で焼け死んだのだったか」

それまでの柔らかなものとは打って変わった嘲笑《あざわら》うような冷たい声色に、ぎくりと身が竦んだ。

『あの悪魔』が誰を指しているのかは明白だ。

とうとう父の話題へと波及してしまった。

おそるおそる目を上げてカーティスの顔を窺うと、彼はうっすらと微笑んでこちらを見ていた。青い目と視線が合って、アンナリーザは蛇に睨《にら》まれた蛙《かえる》のように凍りつく。

「失礼。ピエルジャコモは、我が国では悪魔と呼ばれていてね。……知っていたかな？」

カーティスはゆっくりと言った。まるで覚えの悪い子どもに言い聞かせているような言い方だ。

『知っております』と答えるべきなのか、『存じ上げませんでした』と答えるべきなのか、見当もつかない。

この問答の裏に何の意図があるのかを図りかね、アンナリーザの心臓がバクバクと音を立てる。

（……どうしましょう。いきなり逆鱗《げきりん》に触れてしまった……!?　答え次第では私、殺されてしまう……？）

返事ができずに瞠目《どうもく》したまま固まっていると、カーティスはおやおや、というように形の良い眉を上げた。

「どうしてそんなに怯えているの。ただの事実確認だ」

「じ、事実、確認……」

「そう。君の父親が私の家族――国王一家を殺した。レストニア、ペトラルカの両国で知らぬ者はいない事実だ。だが両国は和平を結び、我々は夫婦になった。無論、政略ではあるが、夫婦としてこの先の人生を共に歩むならば、我々の間に横たわるこの醜悪な事実についてどう考えているのか、お互いに理解し合っておくべきではないかと思ってね。ここを通過しなくては、新しい関係を築こうにも上手くいかないだろう」

それはまさにアンナリーザが考えていたことと同じだ。

ホッと詰めていた息を吐き出し、コクコクと何度も首を上下させた。

「わ、私も……同じことを考えておりました」

「それは良かった。ではまず、君が謝罪する必要はないよ」

「え……」

意外な申し出に、アンナリーザは驚いた。

「あの、そういうわけには……だって、私の父が陛下のご家族を弑《しい》したのですから、娘として……」

「罪はピエルジャコモにあるのであって、君にあるのではない」

キッパリと言い切られ、アンナリーザはポカンとしてしまった。

「そ、それで、陛下はよろしいのですか？」

「そうでなければ、君と結婚などしたりしない」

「それは、そうかもしれませんが……」

「さっきも言ったが、ピエルジャコモと君は別の人間だ。娘だからといって父の罪を被る理由にはならない。それに、そもそも戦とはそういうものであり、和平を結んだ以上、我々は恨み辛みを忘れる努力をすべきだ。そうでなければまた戦を繰り返すことになる」

至極真っ当な意見に、我知らずホッと息を吐き出した。

そう思ってくれるのならば、本当にありがたい。アンナリーザも同じ意見だった。

二カ国の架け橋となるためにここに嫁いだのだ。両者が恨みを乗り越えなくては、最初の一歩を踏み出せない。もちろん、この国の民の恨みを和らげる努力をするのはアンナリーザの仕事であり、それがとても難しいことであることはわかっている——いや、この国へ来て初めて理解させられたと言えばいいのか。だが、国王であるこの人が自分と同じ考えを持ってくれているならば、この先は暗く険しいだけではないのかもしれない。

「……そう。その通りです。私もそう思います」

「だったら、この話はここで終わりだ。……とはいえ、この国にはピエルジャコモへの嫌悪が未だ根強く残っていて、君に対して好意的ではない者が多いのも事実だ。君を庇ってやりたいが、情勢的に少々難しい時期でね」

「……と、おっしゃいますと？」

「君との結婚に関しては、この国の中でも、無用な戦を続けず和平を結ぶべきだとする穏健派と、戦争を続けるべきだとする強硬派で、意見が真っ二つに割れてね」

「ああ……」

それはそうだろうな、とアンナリーザは頷いた。

半分負けかけていて一刻も早く和平を結びたかったペトラルカとは違い、あと少しで完全勝利を狙えたレストニアは、国を滅ぼされた恨みも相まって、ペトラルカを完膚なきまでに叩きのめしたいという人たちがいて当然だろう。

「結局私は和平を選んだが、その結果強硬派が大きな不満を抱くことになった。今、私がペトラルカを――君を庇うような態度を見せれば、強硬派による反乱が起きかねないんだ」

「そ、それは……」

話を聞きながら、ゾッと背筋に冷たいものが駆け降りる。反乱が起きてしまうほど、自分はこの国の人々にとって恨まれているのだと思うと、やはり怖いという気持ちは抑えられなかった。

だがそこでふと気がついて、アンナリーザはカーティスを見上げる。

こうして話をしていると、カーティスが冷静であることがよくわかる。

彼の意見は、恨み辛みといった感情が削ぎ落とされていて、色眼鏡をかけずに状況を正しく判断し、最善の方法を導き出しているのが見て取れた。

（……まさに理想の君主の思考だわ）

これほど理性的な思考ができる人が、かつての敵国から嫁いできた妃を感情的に冷遇するというのは、どうにもチグハグだ。

「……もしかして、夕食の時に私を無視されていたのも、そういう理由なのですか？」

その質問に、カーティスは困ったように微笑んだ。

「……そうだよ、不甲斐ない夫で、すまない。レストニアは再建して間もない。領土は取り戻したが、長引く戦争で国民は疲弊し、土地は荒れ、国力が底をついているのは、ペトラルカと同じだ。私は王座に就いたが、他の貴族たちを圧倒できるほどの権力も財力も持ち合わせていない」

「つまり、現在のレストニアの王権は盤石ではないと……？」

アンナリーザが結論を言うと、カーティスは肩を竦める。

「残念ながらね。一度滅亡した王国を、生き残った貴族たちの力を借りて復興した結果だ」

「なるほど……」

要するに、カーティスはレストニア王家の生き残りとして、王国復興を目指す貴族たちの旗印にされたということだ。もちろん、カーティス自身にも親の仇を討ちたい気持ちはあったのだろうが、旧レストニアが滅ぼされた時、確かカーティスは五歳くらいだったはずだ。そんな幼い子どもに政治的状況など理解できるわけがないから、復讐心もあとから周囲の大人から学んだものだったのかもしれない。

　カーティスを擁立した貴族たちが幅を利かせているのも、復興中の国では致し方ないことなのだろう。

「今は、私が君に寄り添えば寄り添うほど、強硬派を刺激してしまう状況だ。矛先が私に向けられるならまだいいが、おそらく真っ先に標的にされるのは君だ。君自身を守るためにも、仮面夫婦の逆、つまり公の場では君に冷たい夫の仮面をつけるという『逆仮面夫婦』を演じようと思っている」

　アンナリーザは、パッと顔を上げた。

　その言葉で、ようやくカーティスのチグハグな行動の意味がわかったからだ。

「逆仮面夫婦……！　なるほど、理解いたしました」

　つまり、人前ではお互いに嫌い合っているという演技をするということだろう。

　ずっと見つけられなかったパズルのピースをやっと見つけた時のような清々しさに、思わず満面の笑みになった。

（ようやく陛下が何をお考えなのかわかったわ！　この国の人たちに嫌われているのはわかっていたことだもの。陛下に嫌われているわけじゃないなら良かった。少なくとも、四面楚歌というわけではないわ……！）

誰よりも夫が自分の敵ではないというだけで、ずっと抱えていた不安が半減するような心地がした。

「でも、それならどうして、昨夜このことを教えてくださらなかったのです？」

ふと湧いてきた疑問を口にすると、カーティスは一瞬動きを止めて、その視線を泳がせる。なんだか頬が赤くなっているように見えるが、気のせいだろうか。

明らかに何かを隠しているような態度に、アンナリーザは目を眇《すが》めた。

「……陛下？」

するとカーティスはギュッと唇を真横に引き結んだが、しぶしぶ白状する。

「うっ……そ、その……。説明するつもりだったのに、君があまりにも可愛くて……」

「かっ……？」

思いがけないことを言われ、アンナリーザの顔もサッと赤くなった。

「興奮して、我を忘れたんだ。君に伝えようと思っていたことはたくさんあったのに、ほとんど吹っ飛んだ。……申し訳ない」

「…………い、いえ……。な、るほど……」

お互いに顔を赤くしてモジモジする、というなんともむず痒い時間が流れたが、アンナリーザは内心ホッとしていた。

（……多分、信じて良さそうね……）

疑心暗鬼になってしまうのは、レストニアに来てからいろんなことがありすぎたせいだろう。

密かに胸を撫で下ろしていると、カーティスが申し訳なさそうに手を握ってきた。

「この通り、私はまだまだ不甲斐ない。そのせいで君には苦労をかけてしまうが……」

「いいえ、苦労をするのはこちらに嫁いだ時点でわかっていたことですし、それは陛下のせいではなく、父のせいですもの。それに、レストニアと祖国との架け橋になるのが、私の務めですから」

ふるふると頭を振って手を握り返す。

切り拓けないのではと思うほど険しい道に思えていたけれど、この人が敵ではないのならば、いつか必ずこの国の人々と和解しわかり合えるようになると思えた。

「ナリ……」

「陛下だけでも私の味方でいてくださるなら、それだけで十分に心強いですわ！」

「ああ、ありがとう、ナリ。君が私の妻で本当に良かった……」

安堵のため息と共に囁かれ、広い胸の中に抱き締められた。

一瞬戸惑ってしまったが、干し草のような彼の匂いになんだか懐かしさを覚えて、アンナリーザは力を抜く。

（……この匂い……、干し草に、ミントやローズマリーのような……爽《さわ》やかで不思議な香

り)

以前にも感じた懐かしさは、彼のこの匂いだったのかもしれない。

目を閉じて深呼吸すると、まるでよく知った場所で眠る時のような感覚になって、自分でもおかしくなる。

(香水か、香油かしら……。わからないけれど、なぜ私は彼の匂いを知っている気がするの……?)

戸惑いながら、そっと彼の背中に手を添わせた。

「私こそ、陛下が私の夫で良かったと思います」

もっと感情的でアンナリーザを目の敵にするような夫じゃなくて、本当に良かった。

心からそう思って言ったセリフに反応するように、カーティスがスッと体を離す。

どうしたのだろうか、と驚いて窺い見ると、彼が少し拗《す》ねたような表情をしていたので目を瞬いた。

「〝陛下〟と呼ばれるのは寂しい」

「え……?」

何を言い出したのだろう、この人は。

あなたはこの国の王なのだから『陛下』で間違いないでしょう、と啞然としていると、カーティスはごく真面目な顔になって言った。

「二人だけの時は、愛称で呼んでほしい」

「あ、愛称、ですか……？」

アンナリーザは混乱した。愛称以前に、名前《ファーストネーム》ですら呼んだことがない。いろいろすっ飛ばしてはいないだろうか。

だが期待に満ちた顔でこちらを見ている人を前に、そうツッコむのは大変気が引ける。

「ええと、では、カ、カート、とか……？」

戸惑いつつ適当に提案すると、カーティスは嬉しそうに顔を輝かせた。

「いいね。では呼んでみて」

いきなり実践を所望《しょもう》され、アンナリーザは半ばヤケクソになって口を開く。

「は、はい……！　カ、カート……」

「なんだい、ナリ」

「………なんだか恥ずかしいですわ」

なんだかどころではない。

(何をやらされているのかしら、私は……)

またもや顔にじわじわと血が上ってきて、アンナリーザは両手で頬を押さえて俯《うつむ》いた。

だが困惑するアンナリーザとは対照的に、カーティスは非常に機嫌良く笑う。

「ふふ、慣れてもらわなくては。これから二人の時は、ずっとそう呼ぶことになるから」

「……ずっと……」

このこそばゆくも恥ずかしいやり取りをこの先ずっとやらなくてはならないのか。

思わず遠い目になっていると、カーティスは「大丈夫、すぐに慣れるさ」と請け合いながら、アンナリーザの隣に腰を下ろした。

どうやら、やはり今夜はこのベッドで眠るつもりらしい。

アンナリーザはお尻をずらし、彼が入れるように掛布を持ち上げた。

するとカーティスは優しく目を細めると、「ありがとう」と言ってベッドの中に入り込んでくる。

キングサイズの大きなベッドの真ん中で二人くっつくようにして体勢を整えると、カーティスが「さて」と気を取り直すように言った。

「では、さっきの質問に答えてもらおうかな」

「さっきの質問？」

「小さい頃、君はどんな女の子だったのかというやつさ」

「ああ……！」

そういえばそんなことを言っていたな、と思いながら、アンナリーザは顎に手を当てる。

「ええと、小さい頃、と言われると……。十一歳からで良ければ、わかるのですが……」

するとカーティスは一瞬押し黙った。

「十一歳？」

「はい。私はそれ以前の記憶がないのです。その……火事で両親を喪って、そのショックで記憶を失ったのだと、お医者様からは言われました」

こんな話をされても困るだろうなと思ったが、事実なのだから仕方ない。できるだけしんみりとならないように軽い口調で話したつもりだったが、カーティスは衝撃を受けたような表情をしていた。

「――そうだったのか……」

「はい。火事が起きた時、私はなぜか屋敷を抜け出していて無事だったそうです。事態を知って駆けつけた伯父に保護されるまで、燃える屋敷を呆然と眺めていたのだとか……。そこも、全然記憶がないのですが」

「記憶があるのはどこから？」

やけに詳しく訊いてくるな、とは思ったが、確かにあまりない話だから興味が湧くのも無理はない。

「王宮でお医者様に診ていただいているところからですわね。それ以前のことはさっぱり……」

医者は『衝撃的な経験をしたせいで、受け止めきれずそれを封印するために忘れたのだろう』と言っていたが、王宮内ではこの件でいろんな人からあらぬ噂を立てられたものだ。

親のことを忘れるなんて情が無い冷たい人間だ、とか、王の同情を買うために嘘をついているのだ、とか。

当時のことを思い出して、アンナリーザは口元を歪める。

「多分、私は薄情な人間なのでしょう。記憶を失ったのもそうですが、自分の両親が死んだという事実を知っても、何も感じなかったのです。悲しみも、苦しみも、恋しい気持ちすら、全く……」

自嘲めいた微笑みでそう言うと、カーティスはじっとこちらを見つめていた。

「……本当に、何も覚えていないのか？」

「残念ながら。当時は父や母のことはおろか、自分の名前すらわかりませんでした。母とよく似たこの顔がなければ、きっと伯父も私が姪だとわからなかったと思いますわ」

アンナリーザの顔は、死んだ母に瓜二つなのだそうだ。

カーティスはしばし思案するように黙っていたが、やがて慎重に口を開く。

「君の母上は、確か平民の女性だったか……」

「ええ、よくご存じですね」

「マッシミリアーノ殿が言っていた」

「なるほど……。母は、父がある日突然連れてきたそうで、〝知恵の女神へべの娘を下賜された〟と嘯いていたとか。……まあ、ペトラルカでは女性は平民も王族と結婚できますので」

一夫多妻制であるため、貴族の男性が見初めればどんな身分の女性も妻にできる。だが妙なことに、女性側が貴族であった場合、夫となる男性は貴族でなくてはならないのだ。

(要するに、娘は父の持ち物で、父が結婚相手を決めるからなのよね……)

女性にとっては、自分に人生の選択権がない実に不公平で不便な制度だ。

「女神の娘、か……」

そう呟くカーティスの声色が、ひどく皮肉げに聞こえて、アンナリーザは首を捻る。

「カート……？」

「いや、なんでもない。……そういうことなら、君は女神の孫娘ということになるな、と思ってね」

(な、なんですって……？)

そんな大それたことを言うつもりはなかったが、確かにそう言っていることになるな、とアンナリーザは少し慌てた。

女神の娘なんてとんでもない。母は父がどこかで拾ってきた踊り子か娼婦らしい。

父は母を正妻にしたものの、妻を伴うような公的行事には一切参加させなかったそうで、『身分が低い女性だから伴えなかったのだ』と、伯母が事あるごとに当てこすりをしてきたからだ。

「あの、もちろん、それは嘘ですから……」

焦って否定したが、カーティスは首を横に振った。

「どうかな。君はどこもかしこも、女神のように美しいからね……この唇も」

言いながら、親指でアンナリーザの唇に触れる。

ドキッとして目を上げると、妖しげな微笑みを浮かべたカーティスと視線が合った。

(――あ、これは……)

初夜の記憶が脳裏に浮かんでくる。

この妙に艶っぽい眼差しは、昨夜と同じだ。

夫が自分を抱こうとしていることに気づき、アンナリーザは少し考えた。

「……あの、カート。私、お伝えしておきたいことがあるのです」

「……なんだい？」

カーティスは律儀に答えながらも、唇から手を離そうとしない。

(ちょっと喋りにくいけれど、仕方ないわ)

なんとなく『やめろ』と言いづらく、アンナリーザはそのまま話を続けた。

「私たちは政略で結婚しました」

「そうだね」

「いわば、お互い国のための結婚です。私は夫と信頼し合える関係を築きたいと思っておりますが、愛情を強要するつもりはありません」

政略結婚に夢を見るほどアンナリーザは子どもではない。お互いに好きでもない相手であることは確かだし、この夫婦関係が恋愛に発展するとも考えにくい。なにしろ、カーティスとアンナリーザの間には、国だけではなく、親の仇という特殊な障害がある。そんな相手に恋をしろなど、まあ無理な話だろう。

おまけにこの国の人々のペトラルカへの反感は、当初予想していたよりもずっと強く、アンナリーザとしては夫に受け入れてもらうだけでも十分だと思える。

(夫となったこの人が私を敵視していないだけで、どれほど救われることか……)

これ以上望むのは贅沢というものだ。

ですから、とアンナリーザは微笑んだ。

「他に愛する方がいらっしゃるならば……或いは、この先そのような方ができたならば、私に無理に義理立てする必要はありません。私は王妃としての義務が全うできれば満足……むぐ」

話の途中で、カーティスの手に口を塞がれた。

まだ喋っている最中なのだが、と目を剥いたが、こちらを見下ろすカーティスの美しい顔から、一切の表情が抜け落ちていて、ギョッとなる。

(な、なに……!?)

「話を聞いていなかったみたいだね」

淡々とした口調で言われて、なんのことだろうと焦りながら首を捻った。

（お、怒らせてしまった……？）

カーティスの様子からして、どうやら不快にさせてしまったらしい。不要な義務や責任から彼を解放したくて言ったのだが、不用意な発言だったのかもしれない。

不安に眉を下げていると、カーティスは小さくため息をつき、アンナリーザの口から手を離す。

「私の妻は生涯君一人だし、不貞行為はしないと言ったはずだ」

「そ、それはもちろん聞いておりました。ですが、それは陛下の……」

「カート」

慌てて答えたせいか、呼び名を間違えてすかさず訂正された。

「カ、カートのお気持ちではなく、ヨセフ教の教義に従うという……その、建前なのかと……。ヨセフ教を国教としていても、フィッツヘラルドのように王が愛妾を抱える国はありますし……」

フィッツヘラルドとは、ペトラルカやレストニアのある大陸の傍に浮かぶ島国である。正妃との間に男児がおらず、愛妾との間に生まれた大勢の婚外子の中から次期王が選ばれるのではないかと言われていて、教会との間に大いなる亀裂が生じるかもしれないと危惧されている。

ペトラルカの自由奔放な性事情の中で育ったアンナリーザにしてみれば、男性がたった一人の女性に貞操を誓い、守り続けることなど奇跡に近いことだ。

(まして、私たちは政略結婚だもの)

だから夫を縛るつもりはないのだと伝えたつもりだったのだが、カーティスは深刻な表情でさらに深いため息をついた。

「……君が私になんの期待も抱いていないことはよくわかった」

「えっ!? い、いえ、そんなつもりは……」

期待はたくさん抱いている。アンナリーザを敵視しないでほしいし、できるだけ味方でいてほしい。それにアンナリーザがこの国に馴染む手助けをしてくれると大変ありがたい。具体的に挙げればキリがないほど期待しているというのに、そんなことを言われたら困る。

焦って否定したが、カーティスはそれを無視してアンナリーザの顎を掴むと、鼻と鼻が付きそうなほど近くに顔を寄せてきた。

「ヒッ……」

麗しいご尊顔が目の前に迫ってきて、小さな悲鳴が漏れた。ただでさえ威力のある美貌が、真顔であるせいでより人外味が増して怖いほどだ。

「教義でも建前でもない。私は、私の意思で、生涯君一人を愛すると決めている」

カーティスは、一言一言、ゆっくりと発音した。まるで覚えの悪い生徒に言い聞かせるみたいな口調で、いつもだったらムッとするところだったが、それよりもアンナリーザは言われた内容にびっくりしてしまった。

「あ、愛……!?　え……!?」

今、『愛する』と言ったのだろうか、この人は。

（わ、私を……？　生涯って……）

政略結婚が決まってから、恋愛など自分とは縁のないものだと思っていた。

それだけではない。アンナリーザはこれまで誰かに愛されたことがない。両親の記憶がないし、伯父に将来使える駒として引き取られはしたけれど、衣食住を提供されただけで愛情を傾けられたわけではない。王宮の女主人である伯母から目の敵にされている子どもに、使用人たちが優しくしてくれるわけもなく、虐められているアンナリーザを見て見ぬふりをするばかりだった。

唯一寄り添ってくれたのは侍女のフィオレだけだ。フィオレもまた、母を亡くし、父親である伯爵が後妻を迎えたことで実家に居場所がなくなり、王宮に出仕した娘だったため、よく似た境遇のアンナリーザに同情してくれたのだろう。

もし両親が、あるいは母親が生きていてくれたなら——二人でそんな想像を語り合い、ままならない現実を慰め合ったものだ。

そんなアンナリーザだったから、自分が誰かに愛されるということが、うまく想像できない。

愛すると言われても、どんな反応をすればいいのかわからず、すっかり狼狽《うろた》えてしまった。

「あ、あの、だって、私は政略結婚の相手ですし……そもそも、出会ったばかりで、あなたに愛される理由なんかない……むぐ」

オロオロと視線を泳がせながら言うと、カーティスはもう一度アンナリーザの口を塞ぐ。

「ああ、これは私が悪いな。すまない」

(え……!? 何が……!?)

唐突な謝罪に目を丸くしていると、カーティスは優しげににっこりと笑う。

「この結婚が政略であろうがそうでなかろうが、全く関係ない。私にとって、結婚とは妻を愛し続けるということでしかないんだ。君がおかしなことを言い出すのは、それをきちんと説明しなかったせいだろう?」

優しく諭されるように言われ、アンナリーザはますます困惑を深める。

(な、るほど……? で、でも、愛するって……相手が誰であってもできることなの……?)

カーティスの理論だと、相手が誰でも妻となったら愛する、ということになる。そんなことが可能なのだろうか。

アンナリーザの表情から納得していないのがわかったのか、カーティスはフッと不敵な微笑みを浮かべた。

「誤解させてすまない。今夜たっぷりわからせてあげよう」

(な、何をですか……!?)

こちらを見つめる眼差しに滴るような色っぽさがあって、アンナリーザは息を呑んだ。

どうしていいかわからず硬直していると、カーティスにキスをされ、そのまま仰向けに押し倒される。

「……んっ……」

柔らかく温かい粘膜の感触に、反射的に唇を開いてしまった。

するとカーティスがクスッと笑うのが聞こえて、ぬるりと舌が差し込まれる。

荒々しく口内を舐られて、必死に応えようとするけれど、結局は彼のなすがままだ。下唇を食まれながら、夜着を手早く脱がされた。前開きのシュミーズだったせいもあるが、それにしてもどうしてこんなに脱がせるのが上手いのだろうか。

さらにカーティスは体を捻るようにして自分の衣服も脱いでいく。全てキスをしながらやってのけるのだから、かなり器用であることは間違いない。

大きな手が脇腹を這い、乳房を下から掬い上げるように摑んで揉みしだく。

カーティスの体温は自分よりも僅《わず》かに高く、温かく乾いた皮膚の感触にドキドキと鼓動が速くなった。

胸の柔肉を弄《まさぐ》るように揉んでいた手は、胸の尖りを探し当てると指の間でキュッと摘む。昨夜の時点で、もうここがアンナリーザの弱い場所だと知られてしまっているのだろう。カーティスが乳首ばかり重点的に虐めてくるので、アンナリーザは腰をくねらせてしまう。体が熱くなり、お腹の奥がジクリと疼いた。

「……んっ、ぅ……んぅぅっ……」

キスで唇を塞がれたまま胸の先を弄られ、鼻から悩ましい嬌声が漏れた。それが自分の声とは思えず、じわじわと頬が熱くなる。恥ずかしい。それなのに、妙に胸が高揚しているから不思議だ。

カーティスに触れられると、自分が自分でなくなってしまうような気がする。

「……いいか、ナリ。私がこうして触れるのも、唇を触れ合わせるのも、君だけだ」

キスの合間に、カーティスが囁いた。

いつの間にか閉じていた目を開くと、カーティスの宝石のような青い瞳が見える。その煌めく目の奥に焦れたような色がゆらゆらと揺らめいて、アンナリーザは目が離せなくなった。

「そして、君に触れるのも、君の中に入り込むのも、私だけなんだよ」

囁き声は優しいのに、眼差しは炯々としていて鋭く、まるで赤く光る焼鏝《やきごて》のように熱い。

(……この人は、どうしてそんなに……)

アンナリーザを自分の物だと主張したいのだろうことは、なんとなく感じ取れる。だが、それがなぜなのか理解できない。アンナリーザに執着する理由は、彼にはないだろうに。

そんなことを考えていると、カーティスは少し眉間に皺を寄せ、キスを再開した。すぐに強引に舌が差し込まれ、我が物顔でアンナリーザの口内を蹂躙し始める。激しく舌を絡められ息継ぎもままならない中、必死に応じようと頑張ってみるも、焼け石に水だ。ひたすらカーティスに翻弄され、頭の中がぼうっとしてくる。

「ん……んん、ふ……」

鼻声で喘いでいると、優しく唇を舐められた後、差し込まれていた舌が抜き取られた。長く塞がれたままだった唇がようやく解放され、ホッと息をついたのも束の間、首筋に吸いつかれてビクッと顎《おとがい》を反らせる。

「い、痛……?」

痛みを感じるほど強く吸われて驚いてカーティスの方を見ると、彼はその場所を見つめて微笑んでいた。

「きれいに付いたな。君は肌が白いから」

「……?」

カーティスは自分が吸い付いていた場所を撫でながら、満足げに言った。

アンナリーザは何が付いたのかわからなかったが、カーティスが嬉しそうなので何も訊かないことにする。どうやら自分は、図らずも不用意な発言をしてしまう傾向があるのかもしれないと思ったからだ。

上機嫌に見えるカーティスは、首以外にも、鎖骨や胸元などいろんな場所に吸い付き始めた。

強く吸われることでちくりとした微かな痛みはあったが、我慢できないほどではないので、アンナリーザは彼の好きなようにさせた。

（これも、愛撫の一つなのかもしれないし……）

なにしろアンナリーザは閨事は初心者なので、カーティスに任せる他ない。

（でもこれって、なんだか大きな犬に戯《じゃ》れつかれているみたい……）

カーティスの艶やかな黒髪が自分の体の上で動いている光景を薄目で見ながら、アンナリーザは口元を緩めた。ペトラルカの王宮で飼われている狩猟犬たちを思い出したからだ。

人懐っこいあの犬たちは、面倒を見ているわけでもないアンナリーザにも愛想が良く、頭を撫でさせてくれたものだ。

（頭を撫でたら……怒られるわよね……）

癖のない艶やかな黒髪は触り心地も良さそうだ。触れてみたいなと思っていると、感じやすい内腿を撫で上げられてビクッと体が揺れた。

「ぁっ……!」

「ここは、私以外の誰にも触れさせてはいけない場所だ」

カーティスはどこか恍惚《こうこつ》とした表情で言うと、内腿を撫でる手をするりと脚の付け根へと移動させる。

クチュ、という水音が立って、アンナリーザは恥ずかしさのあまり両手で顔を覆った。そこが潤っているのは、自分が感じていることの証明でもあると閨事の教師に習ったからだ。

「濡れているな」

嬉しそうなカーティスの声がして、指で花弁を割り開かれる。淫裂を指の腹で幾度も往復されて、鼓動がさらに速さを増した。ここに彼を受け入れた昨夜の記憶が頭の中に甦り、内側がジクジクと脈打つように疼く。

つぷりと泥濘に指が差し挿れられて、息が止まった。自分の胎の中に他人の一部が入り込む感覚は、相変わらずとても奇妙だ。だがアンナリーザの感覚とは裏腹に、自分の蜜筒は彼の指の形を確かめるように蠢《うごめ》いて蠕動《ぜんどう》するのがわかった。

カーティスは自分の指に絡みついてくる肉襞を、引っ掻くように愛撫しながらクスクスと笑う。

「もうこんなに熱くなっているのか。可愛いな、ナリ」

言いながら、彼は蜜口にもう一本指を追加した。

「ぁあっ……」

違和感が増えたはずなのに、嫌だと感じないのはなぜなのか。

二本の指で蜜路の中を掻き回されて、愛液が奥からとぷとぷと湧き出してくる。自分の体がカーティスの愛撫に合わせるように反応しているのを、アンナリーザはどこか呆然と感じていた。

まるで自分の体がカーティスに操縦されているかのようだ。カーティスの唇で、手で、指で、アンナリーザの体は快楽へと導かれている。

「そうだ、君はここが好きだったな」

楽しげなカーティスの声がしたかと思うと、入り口の上にある蕾《つぼみ》を指で捏ねられた。

「ひぁんッ！」

一番敏感な場所を包皮の上からクニクニと弄られ、アンナリーザは甲高い悲鳴を上げる。

ここがこんなに感じるなんて、カーティスに抱かれるまで知らなかった。風呂で洗ったり、排泄の後に自分で触れることがあったけれど、自分で触れても快感を得たことなど一度もなかったのに。

「あっ、あっ……ん、んぅ……はぁんっ……」

触られてあっという間に硬く膨らんだ肉の芽を、カーティスは指で円を描くように撫でたり、きゅっと摘んでみたりと、しつこいくらいに嬲ってくる。体がどんどんと熱くなっていき、肌がじっとりと汗ばんでいく。お腹の中が熱い。すでに快楽を覚えた体はこの熱を悦んでますます媚肉を収斂させ、中にいるカーティスの指を食い締めた。絶頂に向かって体がヒクヒクと痙攣《けいれん》を始める。

「あ、あ、……カート、もう、私……ぁあっ……」

「おっと。まだいってはだめだ」

もう少しで高みに到達しそうになった途端、カーティスは愛撫の手をピタリと止めた。好物を目の前でお預けにされた犬のような気持ちになって、アンナリーザは情けない気持ちでカーティスを見上げる。

「……ど、どうして……」

「君だけ気持ち好くなるのは、不公平だろう？」

意地悪そうな笑みを浮かべると、カーティスはアンナリーザの膝裏を持ち上げて脚を開かせた。

「あ……」

自分の脚の間に陣取った彼の下腹部には、雄々しく勃ち上がった屹立が揺れている。昨日も見たが、やはりグロテスクな見た目は変わらない。だが免疫がついたのか、不思議と恐ろしいとは思わなかった。

（こんな大きなものが、私の中に入っていたなんて……）

とても信じられないが、今からこれに貫かれるのだと思うと、腹部がじんと熱くなってしまう。

ドキドキと自分の心臓がうるさく音を立てるのを聞きながら、カーティスが自身をアンナリーザの入り口に宛てがうのを眺めた。

熱くて硬いものがひたりと押し当てられる感触に、ごくりと喉が鳴る。

自分の体が昨夜覚えたばかりの愉悦を期待し、疼き始めるのがわかった。

「入れるよ」

低い声で言って、カーティスがゆっくりと腰を押し進める。

「んっ、あ……ああ、あっ」

太くて逞しい漲りに自分の内側がグウッと押し開かれていく感覚に、生理的な涙が溢れた。自分の虚《うつ》ろを、カーティスの雄が隙間なくみっちりと埋め尽くしている。苦しいけれど痛みはなく、奇妙な充足感がアンナリーザを満たしていた。

「ああ、奥まで入った……すごいな、熱くて蕩《とろ》けそうだ」

僅かに息を切らせたカーティスが、うっとりと呟く。

彼が自分の体で気持ち好くなってくれていると思うと嬉しくて、アンナリーザは微笑んだ。

　カーティスの律動が速さを増した。腰を引かれては叩き込まれる衝撃に、お腹の中から愛蜜がこんこんと湧き出している。張り出した雁首に媚肉を擦られて、甘い疼きに悲鳴が上がる。

「あうぅ……！」

　粘膜が引き攣れるほど押し広げられた蜜口から、抽送のたびに泡立った愛液が溢れ、後孔をどろりと伝い落ちていった。

「ナリ……ああ、可愛い、ナリ……！」

　譫言《うわごと》のようなカーティスの声を聞きながらも、揉みくちゃに揺さぶられてアンナリーザの思考が白く染まっていく。

　熱い昂《たかぶ》りに何度も何度も最奥を叩かれ、体が火のように熱くなっていく。息が苦しくて、なのに頭がおかしくなるほど気持ちが好い。

　隘路をガツガツと容赦なく突き上げていたカーティスが、切羽詰まったような声で名を呼んだ。

「……ナリ……！」

　嫋《たお》やかな肢体の上に覆い被さり、揺れる乳房を鷲掴みにしながら、より一層執拗に攻め立ててくる。

それが頭が溶けそうなほど気持ち好くて、アンナリーザの四肢がピクピクと痙攣し始めた。自分の膣壁が蠢いてカーティスの肉棒に絡みつき、ぎゅうぎゅうと締め上げるのがわかる。

「……ッ、ナリ、出すぞ……！」

「あああああっ……！」

アンナリーザが高みに駆け上がるのと、カーティスが絶頂を迎えたのは、ほぼ同時だった。

子宮の入り口に子種を浴びせられる感覚に満足感を覚えながら、アンナリーザは体が弛緩していくのをぼんやりと感じた。

自身をアンナリーザの中に収めたまま、カーティスがそっと額にキスをしてくる。彼の汗の匂いがして、それがひどく愛しかった。

「ナリ……」

「カート……」

彼に触れたい。キスがしたい。

もっともっと、彼を感じたかった。

これ以上はないほど近くにいるのにどうしてそんなことを思うのか、自分でもわからない。だけど、これでもまだ足りないと思ってしまうのだ。

夫に愛情を求めない、束縛したくないと言ったばかりなのに、自分を埋め尽くすこの人が、狂おしいほどに欲しかった。

(肌を重ねてしまったせい？　だとしたら、心が体に引きずられているのかしら……？)

だがそんなことはどうでもいい。今はただ、彼をもっと傍に感じたい。それだけだ。

衝動のままに手を伸ばすと、カーティスは微笑んで手を繋いでくれた。たったそれだけで、心がバカみたいに高揚する。

「カート……私、あなたの傍にいたいわ……」

心のままに、言葉が零れ落ちた。

彼の傍にいたい。どうしてかわからないけれど、そう思った。

傍にいたいもなにも、政略結婚である以上、アンナリーザは彼の王妃としてここに留まらなくてはならない。だがそんな理屈ではなく、ただ彼の近くにいたかった。

アンナリーザの言葉に、カーティスはふわりと微笑んだ。

「そうだよ、ナリ。私の隣が、君の居場所だ」

その答えにアンナリーザは、胸がブワッと膨らむような心地がした。

これまでの人生で、アンナリーザが安寧を得られた場所はなかった。両親と暮らした屋敷は燃え落ち、引き取られた王宮では厄介者扱いされ、眠る時ですら貞操の危機に脅かされる毎日だった。アンナリーザにとって、心安らかに過ごせる場所はどこにもなかった。

それが当たり前だったから、自分の心が拠り所を求めていることにすら気づけなかった。

(私、ずっとずっと、居場所を探していたんだわ……)

自分を認め、受け入れてくれる人がいて、心からの安らぎを覚える場所だ。

「あなたが、私の居場所になってくださるの……？」

期待と喜びに目を輝かせて確認すると、カーティスがふわりと微笑む。

「もちろんだ。君はもう、私の傍から離れてはいけないよ」

念を押すように請け合うと、彼はそっとキスをくれた。

それがまるで誓いのキスのようだと思いながら、アンナリーザは目を閉じて喜びを噛み締めたのだった。

カーティスの気持ちを理解してから、夫婦の関係は急速に変化した。

もちろん、良い方に、である。

それは主に、カーティスという味方を得たことで、アンナリーザの心の平穏が保たれるようになったからだろう。

王である夫が自分の味方だということは、アンナリーザにとって最高の安全保障となってくれたし、嫌われているかもしれない、危害を加えられるかもしれない、と勘繰《かんぐ》ることなく接することができる相手がいるという事実が、心の拠り所となってくれた。

昼間には四面楚歌の中緊張し、女官たちからの冷たい態度にめげそうになっても、夜にはカーティスに話を聞いてもらえると思えば、心を強く持つことができた。

寝室でのカーティスは優しく穏やかで、アンナリーザはとてもリラックスできる。こちらの話を微笑みながら聞き、労《ねぎら》い、褒め、慰めてくれる彼のお陰だろう。

それだけではなく、二人で国の在り方について議論することもあり、施政者として国民のために為すべきことを語る夫に、アンナリーザは同意と尊敬の念を抱くようになった。

またカーティスはこの国の政界の権力構造も詳しく説明してくれた。戦後かつ復興中のこの国はまだ混沌としており、政治で何かを為そうとしても意見が割れてなかなか実行できないことも多いらしい。こういった無統制な状況は、一朝一夕に改善されるものではなく時間をかけなくてはならず、アンナリーザの待遇もそう簡単に変えることはできないのだと謝罪された。

だがアンナリーザとしては、そういう現実をきちんと説明されたことで、より心を強く持つことができた。

こうして二人きりの時に信頼を深めながらも、それ以外の場ではお互いに無関心であるように演じた。

互いに目も合わさなければ、口もほとんど利かない。一緒に食事を摂っていてもひたすら食べることに徹するだけ——といった具合だ。

毎晩ベッドで熱烈に抱かれている相手に冷たくするのもされるのも、最初はなんとも奇妙な心地だったが、最近では楽しくさえなってきている。

(だって、なんだか女優さんになったみたいなんだもの！)

アンナリーザはペトラルカにいた頃、一度だけ芝居を見たことがあったが、歌と演技で観客を魅了する女優という職業に、憧れを抱いたものだ。

湯浴みを済ませて寝室へと入っていくと、先にやって来ていた夫がベッドの上で微笑んでいた。

「やあ、ナリ」

「カート！」

アンナリーザは満面の笑みで、夫のもとへ駆け出した。

そのまま彼に突進するように抱きつくと、カーティスは軽快な笑い声を上げる。

「あはは！　熱烈だな！」

「会いたかったわ！」

「私もだよ」

カーティスは抱きついてきたアンナリーザの体を自分の膝の上に上げ、頬に手を添えてキスをしてきた。この寝室に入った時と出ていく時に、必ずキスをするのが二人の間のお約束のようになっていた。

唇を離して見つめ合うと、カーティスはその美しいブルーの瞳にいたずらっぽい色を煌めかせる。

「今日の君はまるで女王様のように気高かったよ」

夕食時のことだとすぐにわかったアンナリーザは、噴き出しそうになるのを堪えた。

例の如く、今夜の晩餐も葬式のような雰囲気だったのだが、今日は珍しくカーティスが話しかけてきたのだ。

『この鱒《ます》は美味いな。君の口には合うかな？』

突然のことにアンナリーザは驚いたが、そこは女優になり切って微笑んだ。

『もちろんですわ。大変美味しゅうございます』

『これがどこの産地のものか知っているか？』

『サイソン川の鱒の養殖場から届いたものではないでしょうか。陛下が復興の一環として始められた国営事業ですわね。若い鱒でこの美味しさですから、旬となる春が楽しみですこと……』

ちょうど昨夜カーティスから鱒の養殖事業のことを聞いたばかりだったため、スラスラと答えることができたのだが、彼は面白くなさそうな表情でフンと鼻を鳴らしてみせた。

もちろん、それも演技だとわかっているから、アンナリーザは余裕の微笑みを浮かべていられたわけである。

『……一応、勉強はしているようだな』

『王妃として当然のことですわ』

にっこりと澄ました笑顔で応じると、会話は終了となった。

周囲に侍る給仕やメイドたちはハラハラとした表情で国王夫妻の会話を聞いていたが、当の本人たちは心の中で大笑いをしていたのだ。

「あなたこそ、私を見る目の冷たさと言ったら、まるで真冬の北風のようでしたわ！」

アンナリーザが応酬すると、カーティスはおやおやというように眉を上げた。

「君に恋焦がれる私の情熱的な眼差しに気づかないとは……私の女王様は冷たいお方だ」

悲しげな表情でそんなことを言われ、アンナリーザはもう堪えきれずに盛大に噴き出してしまう。

「もう、カートったら！　本当に演技派なんだから！」

「いやいや、君の方こそ毎度のことながら名女優だよ」

お互いの演技力を褒め称えながら、啄むようなキスをもう一度すると、カーティスはふうとため息をついた。

「やっとナリに触れられる。君が目の前にいるのに、目も合わせられないなんて拷問だよ」

「……この部屋の外にはたくさんの人の目がありますもの。仕方ありませんわ」

本音を言えばアンナリーザとて、人目を気にして夫とまともに話もできないこの状況を息苦しいと思う。だが言っても詮《せん》ない話だし、それよりもこの状況を少しでも好転させるために努力する方が有益だ。

（この国の人々に認めてもらえるように、私が努力しなくてはいけないのよ）

アンナリーザは心の中でそう意気込むと、カーティスの顔を覗き込む。

「そうだわ。私の外出の件、どうなりました？」

女官たちに無視され続けているアンナリーザは、日中の時間のほとんどを自室で過ごしている。

カーティスが軟禁紛いのことをしていたのは、危害を加える者から守るためだったそうだ。それを聞いた時には、自室に籠っていなければ身の危険があるのだと実感してゾッとしたものだが、だからといって永遠に引き籠ってはいられないのである。

敵国から嫁いできたとはいえ、もうこの国の王妃となったのだ。

王妃として、レストニア国民のために働かなくてはいけない。

（ひいてはそれが、私を認めてもらうことにも繋がるはずだもの）

自室に引き籠っていても評価は変わらないし、状況が好転するわけもない。

だからアンナリーザは、部屋を出て王妃としてこの国の民のために奉仕活動をするつもりだった。

手始めに王都の孤児院や施薬院を訪問したいと思い、カーティスに打診していたのだ。

「ああ、外出……そうだったね。正直に言えば、まだ君の安全を確保できる状況とは言い難いんだが……」

渋い反応の夫に、アンナリーザは目を剝いた。

「カート！　そんなことを言っていたら、私が王妃として認められる日は一生来ません！

私はお飾りの王妃になどなるつもりはありません。王妃となった以上、国民の安寧と幸福のために尽力しなくては！」

勢い込んで言い募れば、カーティスは諦めたように息を吐《つ》く。

「……わかったよ。では、君には護衛騎士を付けよう。ジョシュアと言って、少々頭は堅いが腕は確かな者だ」

ようやく希望が叶って、アンナリーザはパッと顔を輝かせてカーティスの首に抱きついた。

「ありがとう、カート！　大好き！」

麗しい美貌にキスの雨を降らせていると、カーティスはやれやれという顔をしたが、最後にはアンナリーザの唇にキスをくれた。

「いいかい、外出は許可するが、必ず護衛の指示に従うんだよ」

「ええ、もちろん！　わかっていますわ」

「それと……ジョシュアはその……、ダンバー侯爵の次男で……」

言いにくそうに付け加える様子から察してしまい、アンナリーザは苦笑して頷く。

ダンバー侯爵――この間教わったレストニア政界の相関図にあった名前だ。

カーティスの父王の腹心で、その妻はカーティスの長兄の乳母を務めた女性だった。レストニア軍の追跡から末王子であるカーティスを守り抜いた忠臣でもあり、レストニア復興のために最も尽力した人物と言えるだろう。

そしてペトラルカとの和平に最も反対した人物でもある。

「私に反感を持っている方、ということですわね」

カーティスのセリフの後を引き取るように言うと、彼は深いため息をついた。

「……すまない」

「あなたが謝ることではないわ。……ですが、そうであればその方の方が私の護衛に付くのはお嫌なのでは？　わざわざ彼を選ばなくとも……」

こちらとしても、自分を嫌っている人がずっと傍にいるのは大変に気が重い。

そう思って言ったのだが、カーティスはキッパリと首を横に振った。

「いや、ジョシュアは私の知る中で最も腕が立つ男だ。それに、私の命《めい》には絶対忠実なんだ。君を守り切れるのはジョシュアしかいない」

そう語るカーティスの目には迷いがなく、ジュシュアという人物をずいぶん信頼しているのだと見てとれた。

(それならば、これ以上は議論の余地はないわ)

アンナリーザは微笑んだ。

「わかりました。その、ジョシュアという人に認めてもらえるよう、私も頑張りますわ！」

両手を拳にして意気込みを見せると、カーティスはふわりと眼差しを緩める。

「……頼もしいなぁ、私の妻は」

「ふふ。そうでしょう？」

えへん、と胸を反らして威張ってみせると、カーティスはクスクスと笑って抱き締めてきた。

温かい胸の中にすっぽりと包まれて、アンナリーザの胸に喜びと安心が込み上げる。カーティスに抱き締められるのが好きだ。彼の体温と匂いに包まれると、身も心も溶けていくような心地になる。

（ここは安全なのだと思えるからなのかしら……）

ほぅ、と柔らかい吐息が口から漏れると、カーティスが頭を撫でてくれた。その感触がまた心地良くて、アンナリーザはうっとりと目を閉じる。

「……親に抱っこされた子どもって、こんな気持ちなのかしら……」

思わず心のままにそんなことを呟いてしまうと、カーティスがブホッと盛大に咽《む》せ返った。

「お、親と言われるのはちょっと複雑だな……」

「あっ……ごめんなさい！」

自分の父親がカーティスの仇であったことを思い出し、焦って謝ると、カーティスは苦笑する。

「大丈夫、ピエルジャコモだからというわけじゃない。親と思われるのは、君に男として見られていないからでは……と情けなくなっただけだ」

そう言われてホッとしたものの、アンナリーザは肩を落として言い訳を続けた。

「男じゃないなんて、そんなつもりは全くないわ。ただ、私には両親の記憶がないものだから……親ってどんなものなのか、子どもの頃からずっと妄想ばかりしていて、だから理想像が暴走しているのかもしれなくて……！」

自分でも何を言いたいのかわからなくなってきたが、カーティスは優しく背中を撫でながら相槌を打ってくれる。

「……そうだったんだな。では、君の〝理想の親〟に私が近いっていうことかい？」

「そ、そう！　それが言いたかったのです！」

「そうか、それは光栄だな」

ははは、とカーティスが笑ったので、アンナリーザはもう一度ホッとした。言わなくてもいい過去を暴露してしまった気がするが、カーティスが笑ってくれたなら構わない。

「それで？　君の〝理想の親〟ってどんなものなんだ？」

「えっ……」

思いがけず突っ込まれて、アンナリーザは顔を赤らめた。子どもの頃の自分の一人遊びの内容を誰かに話すのは、少々恥ずかしいものがある。

「そ、そんなこと、聞いてどうするのですか？」

「だって、私たちもいずれ親になる。自分の子どもにとってどんな親でありたいか、という指標になるものじゃないか」

そう言われたら、確かにそうだ。

アンナリーザは唇を尖らせながらも、渋々口を開いた。

「その……私を守ってくれて、私の話を聞いてくれる人、でしょうか。あ、あと、安心して眠れる場所をくれることも大事です！」

伯母から強姦魔を送り込まれる日々を思い出しながら言うと、カーティスは目を丸くする。

「安心して眠れる場所？　君は伯父王に引き取られ、王宮で育てられたのではなかったのか？」

「あ……それはその通りなのですが……、王宮は、私にとって過ごしやすい場所ではなかったので……」

口籠るアンナリーザに、カーティスは眉間に皺を寄せた。

「どういうことだ？」

「ええと……」

どこまで話せばいいものか、と視線を泳がせると、カーティスは両手でアンナリーザの頬を包み込み、じっと顔を覗き込んでくる。

これは『ちゃんと話せ』の合図だ。

カーティスは隠し事を許さない。お互いのことをちゃんと話し合っておかなければ、危険が迫っていることを見逃してしまうからだそうだ。

観念したアンナリーザは、ペトラルカの王宮で自分がどんなふうに育ったのかを詳《つまび》らかに話して聞かせることになった。

「——と、まあ、こんな感じだったのです……」

最後まで話し終えると、カーティスはすっかり沈鬱《ちんうつ》な表情になってしまった。

「……なんてことだ……！　君がそんな酷い目に遭っていたなんて……！」

愕然《がくぜん》とした顔で悲痛な声を上げるカーティスに、アンナリーザは慌てて付け加える。

「そ、そんな、酷い目っていうほどではなくて……大丈夫ですわ。衣食住は保証されていましたし、王族の一人として扱ってもらっていました。伯母以外からは嫌がらせをされたことはありませんので……」

「酷いに決まっているだろう！　どこの世界に、まだ十二、三の子どもに強姦魔を送り込む伯母がいるんだ！　嫌がらせなんてものじゃない、それは虐待だ！」

そう叫ぶカーティスの顔は強張り、額に青筋を立て、青い目を怒りでギラギラと光らせていた。

彼がこんなに怒りを露わにするのは初めてで、アンナリーザは驚くと同時に、泣きたくなった。それは怖かったからじゃない。彼が自分のために怒ってくれているのがわかって、嬉しかったからだ。

ボロボロと涙を溢すアンナリーザに気づいたカーティスが、ギョッとなる。

「す、すまない……！　君に怒ったんじゃないんだ……！」

焦った様子で涙を手で拭うカーティスに、アンナリーザはフルフルと頭を振る。

「わ、わかっています……これは、怖くて泣いたんじゃなくて……う、嬉しくて……」

なんとかそこまで説明したが、感情が溢れ出してしまって、それ以上言葉を続けられず声を上げて泣き出してしまった。

カーティスはわんわんと泣きじゃくるアンナリーザを抱き締めて、背中を撫でてくれる。その温かさと優しさに、さらに泣きたい衝動を刺激され、アンナリーザは涙と鼻水で顔をぐちゃぐちゃにして夫の胸に縋る。

(——子どもの時ですら、こんなふうにあられもなく泣いたりしたことはなかったのに……)

どうしてこの人の前だと、泣いてしまうのだろう。

不思議で、でもそれが自然なのだと思える。

(だって、この人は、私の居場所だから……)

カーティスの膝の上で、背中を撫でながら揺すられて、アンナリーザは次第に落ち着きを取り戻していった。洟《はな》を啜りながら彼の肩に頭を預けていると、口から言葉がひとりでにポツン、ポツンと溢れ出してくる。

「……私、お父様が生きていたら、こんなふうに、お膝に、抱っこしてもらうんだって、いつも想像していたの……」

カーティスがふっと笑う気配がして、額に優しいキスが落ちてきた。

「そう。……それから？」

「……お母様が生きていたら、髪を結ってもらうんだって思ったわ。リボンをつけてもらって、お母様とお揃いにするの。可愛いよって褒めてもらって……」

「うん」

「それで、眠る時には、本を読んでもらって……、っ……どう、して……私には、お父様と、お母様がいないんだろうって……！」

また泣きたい衝動が込み上げてきて、しゃくり上げそうになるのを拳で口を押さえて堪える。だがカーティスの大きな手にその拳を包み込まれ、優しく撫でられると、昂った感情がスッと落ち着いた。

「私が全部してあげよう」

柔らかな口調で言われて、アンナリーザは涙の滲む目を上げる。

するとと女神のような慈愛に満ちたカーティスの美貌があった。

「抱っこも、髪を結うのも、本を読むのも、君がしてほしかったこと全部、私がしてあげる。リボンもお揃いにしよう。私は髪が長いから、リボンだって付けられるからね。……だから、もう泣かなくていいんだ」

その言葉を聞いた瞬間、涙腺がまた崩壊した。

ドッと溢れ出す涙をそのままに、アンナリーザは両腕を伸ばして夫の首に抱きついた。

「カート……カート、カート……！」

この気持ちをどう言葉で言い表せばいいのか、わからない。

アンナリーザはひたすら夫の名前を呼び、その逞しい首に縋りついた。

泣いているのに、心はふわふわと羽のように軽くなっていって、空を飛べそうな心地がした。

「……これまで、よく頑張ったね、ナリ。君は世界一の頑張り屋さんだ」

カーティスが優しい声で褒めてくれるのも嬉しくて、アンナリーザは泣きながら笑う。

「……本当？」

「本当だとも。私の可愛い頑張り屋さんには、ご褒美をあげなくては」

カーティスはそう言って片目を瞑《つむ》ると、サイドボードに手を伸ばして、その上に置いてあった小さな青い缶を取った。

なんだろう、と眺めていると、彼は目の前でその缶の蓋を開けて中を見せてくれる。

「わぁ……！」

アンナリーザは小さく歓声を上げた。

そこにはキラキラと宝石のように輝く、ミントグリーンのキャンディが詰まっていた。

カーティスは目を輝かせるアンナリーザに顔を綻ばせながら、一粒摘んでアンナリーザの口に入れてくれた。

口の中に爽《さわ》やかなハーブの芳香と砂糖の甘さが広がって、アンナリーザは満面の笑顔になる。

「ミントキャンディ！」

アンナリーザの大好物だ。

「君が好きなんじゃないかと思ってね」

ウインクをする夫は、最高にチャーミングだと思った。

久しぶりに食べた好物の味にうっとりとしながら、カーティスを見つめる。

(どうして私の好物だとわかったのかしら……？)

ミントキャンディが好きなことは、誰にも言ったことはなかった。

一度、ホットミルクが好きだと伯父に言った時、後日伯母からもらったホットミルクを飲んで、異様な眠気に襲われたことがあったからだ。不審に思ったフィオレが一晩中傍にいてくれたため事なきを得たが、そうでなければ男に襲われていただろう。

それ以来自分の好物は誰にも言わないと決めていた。

（……でも、たまたま選んだのが、ミント味だったのかもしれないし……）

そう思いながらも、アンナリーザは訊いてみる。

「どうして、私がミントキャンディを好きだと知っているの？」

首を傾げる妻を、カーティスは優しい目で見つめたまま答えた。

「……なんとなく、かなぁ。君が好きな気がしたんだ」

その答えに、アンナリーザは嬉しくてまた笑った。

「そうよ、私、ミントキャンディが大好きなの。誰にも言ったことがなかったのに。すごいわ、あなたって魔法使いみたい……」

魔法使い、という言葉に、自分で言ったのに納得してしまう。

（そうよ。カートは魔法使いなんだわ。私がずっとずっと欲しいと思ってきたものを、全部与えてくれる、魔法使い……）

ふわふわと夢見心地でそんなことを思いながら、アンナリーザは夫にそっとキスをした。

これまで呪ってばかりいた運命というものに、生まれて初めて感謝をしたい気持ちだった。

（この魔法使いのような人を、私の夫にしてくれて、ありがとう……）

運命なのか、奇跡なのか、はたまた神様というものなのか。

どれであっても構わない。

カーティスは、欲しくて欲しくて、でも得られなくて泣き続けてきた自分に、ようやく与えられた幸福だ。

（どうかこの幸福が、消えてしまいませんように……）

アンナリーザは心の中で祈りながら、カーティスの腕の中で目を閉じたのだった。

＊＊＊

「ジョシュア・ブランドンと申します。本日、王妃陛下の護衛に着任いたしました」

仏頂面でそう挨拶する護衛騎士に、アンナリーザは心の中でため息をついた。

言葉は丁寧だが、明らかに不服であることが表情に滲み出ている。

（……彼はカートの護衛騎士だったようだから、外されて不満なのでしょうね。まあ、私のことが嫌いなのが、一番の理由でしょうけれど……）

だがこの国で自分を嫌っていない人の方が珍しいのだから、仕方ない。

アンナリーザは微笑んで頷いた。

「ジョシュア卿、今日からお世話になります。至らないことも多いと思うけれど、どうぞよろしくお願いしますね」

慇懃《いんぎん》無礼な態度にも腹を立てず、丁寧に応じたことが意外だったのか、ジョシュアは少し驚いたように目を見開いたが、すぐに「は！」と言って一礼した。

（……自分が無礼な態度を取っている自覚はあるのね……）

そこに少し呆れる気持ちもあったが、そんなことを気にしていてはこの王宮で生きてはいけない。

アンナリーザは背後に控えるフィオレに合図をすると、「では、参りましょうか」と頷いた。

今日は、ようやく叶った修道院訪問の日なのである。

出かけるアンナリーザの衣服は、装飾がほとんどない灰色のシンプルなデイドレスだ。王族のお出かけ着としてはあり得ないほど質素だが、今日は非公式の訪問であるため、なるべく地味な格好でとカーティスに言われたのだ。

自室を出ると女官たちが揃っていて、忌々しげにこちらを見ている。アンナリーザが外出することも、護衛騎士が付いたことも気に食わないのだろう。だがどちらも王であるカーティスの指示であるため、大っぴらに文句も言えないのだ。

『レストニアの王妃となったのだから、ヨセフ教に改宗し敬虔な信者になったことを、王妃は神に証明すべきだ』

カーティスがそう言ったため、アンナリーザは『無理やり改宗させられて奉仕活動をさせられている』ていとなったのである。

(我が夫ながら、頭が良いわ……！)

これならアンナリーザが外出しても、誰も文句は言えない。

心の中で夫のことを褒め称えながら用意されていた馬車に乗り込もうとした時、「あの……」と声をかけられて振り返った。

「……アルマベール夫人？」

なんと声の主は、アンナリーザを嫌い無視しまくっている女官だった。

彼女から話しかけてくるなんて、天変地異の前触れだろうか。

驚いているアンナリーザを見て、アルマベール夫人は気まずそうにしながらも「これを……」と大きな籠を差し出してきた。蓋があるタイプの籠なので中身は見えないが、小麦粉とバターの焼けた香ばしい匂いが漂ってきていて、焼き菓子か何かが入っているのだと推察できる。

「ええと、これは……？」

アンナリーザは差し出されるままに籠を受け取ったが、彼女の意図を図りかねて首を捻った。

するとアルマベール夫人は視線を合わせずにボソリと答える。

「……ビスケットが入っています。修道院併設の孤児院にも訪問なさると伺いましたので、子どもたちへの差し入れです」

「まあ！」

嬉しいサプライズに、アンナリーザははしゃいだ声を上げた。

まさかアルマベール夫人がそんなことをしてくれるなんて思わなかった。

「嬉しいわ！　きっと喜んでもらえると思います。ありがとう、アルマベール夫人」

笑顔で礼を言うと、夫人は早口で言った。

「アンナリーザ様が、毎日孤児たちに贈る肌着を縫《ぬ》っておられるのを知って、私にも何かできたらと思ったのです」

絶対にあり得ないと思っていた人からの労いの言葉に、アンナリーザは胸がじんと熱くなる。

「まあ……そんな、嬉しいわ……」

孤児院訪問が決まる前から、アンナリーザは毎日孤児たちに贈る肌着を縫い続けていた。自室に籠ってできるのはそれぐらいだったからなのだが、孤児院にいる子どもたち全員分の肌着を作るのはなかなか大変だった。

まさかそれをアルマベール夫人が評価してくれていたとは。

感動して目を潤ませていると、夫人は「これも……」と折りたたまれた布を差し出してくる。きれいな赤い色をした布は柔らかく、触り心地が良さそうだ。

「これも子どもたちへの差し入れかしら？」

「……いえ、これはアンナリーザ様に」

「えっ、私に？」

またもや驚かされて、アンナリーザは目をぱちくりとさせた。

「今日は肌寒いので、首元にこれを巻いてくださいませ。それでは」

そう言い置くと、夫人はクルリと踵《きびす》を返して馬車から離れて行ってしまった。

残されたアンナリーザはポカンとしてしまったが、傍にいたフィオレに「アンナリーザ様」と促されて馬車に乗り込む。

同乗したフィオレが「私がお持ちしましょうか？」と籠に向かって手を差し出したが、アンナリーザは首を横に振った。

「いいの。もう少し、持っていたいわ」

ビスケットの良い匂いのする籠を両腕で抱き締めて答えると、フィオレがにっこりと笑う。

「良かったですね、アンナリーザ様」

「……そうね、驚いたけど、でも、とっても嬉しいわ……！」

籠の上に置いた赤いストールを首に巻き付けてみながら、アンナリーザは満面の笑みになった。

女官たちはずっと冷たいままだと思っていたけれど、中には自分の努力を見ていてくれた人もいるのだと実感して、胸がはち切れそうに嬉しかった。

やがて馬車が修道院に到着すると、ドアが開いてジョシュアが顔を覗かせた。

「到着いたしました。お手をどうぞ、陛下」

相変わらず不満そうな顔をしていたが、ちゃんと手を差し出してくるので、自分の役目は全うするつもりらしい。いつもなら呆れてしまうところだが、今のアンナリーザは首に巻いたストールのおかげで大変機嫌が良い。

護衛騎士の不満顔などなんのその、ニコニコと心からの笑顔を浮かべ、護衛の手に自分の手を重ねて馬車を降りた。

「ありがとう、ジョシュア卿」

「……いえ。自分の責務ですので」

唇を引き結んでそう答える彼は、生真面目な性格なのだろう。気に食わない相手であっても、声をかけられれば応えなくてはならないと思っているらしい。

（なんだか可愛く見えてくるから不思議ね）

　そんなことを心の中で思いながら、アンナリーザは持っていた籠を「はい」と護衛に手渡した。

　アンナリーザには大きな籠だったが、大柄な護衛が持つと普通の大きさに見えるから不思議だ。

「これはなんでしょう」

　怪訝な顔で籠を見つめるジョシュアに、アンナリーザは「良い匂いがするでしょう？」と笑った。

「ビスケットなの。子どもたちへの差し入れよ。アルマベール夫人が持たせてくれたの」

「……姉上が」

　ジョシュアの呟きに、アンナリーザは目を瞬く。

「姉上？」

「あ……いえ、はい。アルマベール伯爵夫人は、自分の長姉になります」

「まあ、そうだったの！」

　驚いてジョシュアの顔をよく見れば、確かに夫人とよく似た目をしていた。痩身のアルマベール夫人と筋骨隆々なジョシュアとでは印象が違いすぎるので、一見しただけではわかりにくい。

「と言っても、年が離れていて自分が小さい頃には既に姉は嫁いでおりましたので、あまり姉弟として接したことはないのですが……」

身の上話をするのが気まずいのか、ジョシュアは居心地の悪そうな顔をしている。

「まあ、でも、私にはきょうだいがいないから、年上のお姉さんがいるなんて羨ましいわ」

「はあ、そんなものですかね……」

思いがけず興味深い話が聞けて、アンナリーザはニコニコしてしまう。

嫌われていた相手も自分と変わらないのだと改めて実感できて、嬉しかった。

無視されたり冷たくされると、相手が怪物か魔物か、人の心が通じない恐ろしいものに思えてしまう。だがこうして話をしてみると、彼らも感情があり自分と同じ人間なのだと感じられて、安堵できた。

(……よく考えれば当たり前なのにね)

敵対している相手にはどうしても怯えや恐怖を感じるからだろうか。相手を人間ではないもののように、いつの間にか錯覚してしまっていた。

きっと、伯母にとってのアンナリーザも『敵』だったのだろう。人間ではない相手だから、あんなに恐ろしいことが平気でできたのだ。

(伯母様も、私が怖かったのね……)

だとしたら、伯母に怯えて避けるばかりではなく、もっと歩み寄って話をしてみるべきだったのかもしれない。そうしたら、わかり合えた未来があったのだろうか。

　そんな夢想をしながら修道院の門に向かって歩いていると、ガラガラという大きな馬車の疾走音が聞こえてきて、なんとなくそちらを見遣った。

　目の端にもの凄い勢いでこちらに突進してくる馬の姿が映ったかと思うと、「王妃様！」というジョシュアの叫び声がして、力任せに抱き締められた。

　それに驚く間もなく、ドン、という激しい衝撃を受けて、ジョシュア諸共吹っ飛ばされたのを感じた。一瞬の浮遊感の後、体が地面に投げ出される。頭を打ったのか、視界がグラグラと揺れて意識が途切れそうになった。脳震盪《のうしんとう》を起こしかけているのだと気づいたが、今気を失ってはいけないと歯を食いしばる。

　気持ち悪さを堪えながら目を開くと、ジョシュアが自分を庇うようにして倒れていて、その大きな体の上に乗っていることがわかった。

「な、なに……？　ジョシュア卿……？」

　何がなんだかわからないまま、ジョシュアの名前を呼んだが、彼は目を閉じたままで返事がない。気を失っているのか、あるいは死んでしまったのか。ゾッとしてジョシュアの様子を確かめようとした時、グイッと腕を摑まれて体を起こされた。

　顔を布で巻いた男が、ギラギラとした目でこちらを見下ろしている。

「赤いのをつけてる方は無事だ！」

「よし、猿轡《さるぐつわ》を嚙ませて荷台に放り込め！」

「急げ！」

男には他に仲間がいるのか、数人の声が飛び交う中、アンナリーザは汚れた布を口に当てられ、担ぎ上げられた。

（……何が起きたの……？）

必死で目を開いて周囲を確認すると、地面に倒れて動かないジョシュアの姿と、同じく気絶しているのか倒れ込んで目を閉じているフィオレの姿が見える。ひっくり返った籠と、飛び出したビスケットたちが土で汚れていた。

（フィオレ……！　ジョシュア卿……！）

彼らの無事を確認したいのに、視界がだんだんと狭まっていく。

（……だめ、意識を……失っては……）

助けを呼ばなくては。フィオレとジョシュアをあのままにしておけない。

焦りながら思うのに、アンナリーザの視界は次第に光を失い、やがて全てが黒に染まった。

＊＊＊

ふぅっと水から浮かび上がるように意識が覚醒する。

胸に燻《くすぶ》る吐き気を堪えながら目を開くと、薄暗い天井が見えた。

（――ここは……？）

見覚えのない景色だ。天井は木材が剝き出しで、粗末な造りに見える。

（……少なくとも、王宮ではなさそうね……）

首だけを巡らせて周囲を確認し、アンナリーザはここがどこかの狩猟小屋らしいと推測した。古びた暖炉や飾り気のないテーブルと椅子が置かれている。

（これは……私、拐《かどわ》かされた、ということよね……）

アンナリーザはそっと体を起こしながら、状況を把握しようと頭の中を整理した。

馬車を降り、フィオレとジョシュアを伴って修道院の入り口へ向かって歩いているところを襲撃されたのだ。もの凄い勢いで突っ込んでくる馬車を避けられず、ジョシュアはアンナリーザを体を張って守ってくれたが、ぶつけられた衝撃で昏倒してしまっていた。同じくフィオレも轢《ひ》かれたようで、最後に見た時には倒れ込んで意識がないように見えた。

朦朧《もうろう》としていたので定かではないが、馬車から出てきた男たちは複数名だった。

アンナリーザは担ぎ上げられたところまでは覚えているが、その後の記憶はない。おそらく馬車の荷台に乗せられてここまで連れて来られたのだろう。

（私を狙った誘拐だった……？　あるいは、私が誰かを知らないまま、貴族か何かと思って身代金目的で誘拐したということかしら……？）

後者ならばまだいい。身代金目的であれば、命は助かる可能性がある。

だが前者なら——。

（ペトラルカ出身の王妃をよく思わない強硬派の貴族の仕業だったとすれば……多分、私、殺されてしまうわね……）

元々ペトラルカとの和平を望まず、滅ぼしてしまえと主張する連中だ。アンナリーザを殺すことで二カ国の関係に罅《ひび》が入るとしても、歯牙にも掛けないのだろう。そんなことよりも連中は、ペトラルカの王族をレストニアの王妃とすることの方が我慢ならないのだ。

状況を冷静に分析しながらも、アンナリーザは背筋にブルッと震えが走った。

怖い。怖くて堪らない。大声で泣き叫びたい気持ちが腹の底から込み上げそうになった。

当たり前だ。殺されるかもしれないという窮地に陥っているのだから。

（でも、だめよ。落ち着きなさい、私。パニックを起こせば、事態は悪化するだけ。それに、殺すつもりだったなら、わざわざ私をこんなところに連れてくる必要はないわ。私を生かしておく必要があったということよね。だったら尚更冷静に状況を把握して、なんとか逃げる隙を見つけなくては……）

泣きたい衝動を腹の奥にぐっと押し込めると、アンナリーザは音を立てないように注意しながら立ち上がった。

どうやら今、この小屋の中には誰もいないらしい。

（……男たちはどこへ行ったのかしら……？）

いないのならば今が逃げる好機《チャンス》なのでは、と期待に胸が膨らんだ瞬間、小屋の入り口のドアノブが回される音がした。

（――ッ！）

ギョッとして息を呑んだアンナリーザは咄嗟に隠れる場所を探したが、この小屋は他に部屋がなく、身を隠す場所などどこにもない。ならばせめてドアから少しでも離れようと駆け出した時、ドアが開かれて髭面《ひげ》の男が一人入ってきた。

「――おおっ、なんだ、目を覚ましたのか」

男はアンナリーザが立っているのを見つけると、驚いたように目を丸くしたものの、慌てる様子はない。警戒するアンナリーザを面白げに眺め、ゆっくりとした足取りでこちらに歩み寄ってくる。

アンナリーザは近づいてくる男から目を離さないまま、距離を保つためにジリジリと後《あと》退《ずさ》りながら口を開いた。

「……あなたたちは何者です。私をここへ攫ってきて、どうしようというのですか」

相手を刺激しないように、できるだけ静かな口調で訊いてみたのだが、男はそれがおかしかったらしい。

「〝あなたたちは何者です！〟だって？　フハハハハ！　おっもしれぇ！」

アンナリーザの口調を真似しているのか、口を尖らせ腰を妙にしならせながら喋る男は、どう考えても馬鹿にしていた。だがアンナリーザにはそれに腹を立てる余裕などない。とにかく男の手の届く間合いに入らないようにと必死で距離を取りながら、男の様子を注意深く窺っていた。

「ペトラルカの王女サマは、オレたちのような下民にもお上品な口調でいらっしゃるねぇ！」

「——！　では、私が誰であるかを知っていて、誘拐したということね……」

「そりゃもちろん！　あんたはこの国の害虫なんだってよ。あんたがレストニアをダメにしちまう前に、オレたちゃ害虫駆除を承ったってわけよ」

ギャハハハハ、と男はけたたましい笑い声を上げる。

何もおかしくない、と思いながら奥歯を噛み締めていると、男はフッと笑いを収め、据《す》わった目でこちらを凝視してきた。

「あんたを殺せってお達しだったが、まあその前に、楽しませていただこうかって思ってさ……」

男の目の色が変わったことに気づき、アンナリーザはゾッと怖気《おぞけ》立った。

「な、何を、するつもり……!?」

思わず口走ったが、我ながらバカな質問だと思った。

男が何をしようとしているかなど、明白だというのに。

「あんた、キレエだよねェ」

アンナリーザの質問には答えず、ニヤリと口元を歪めながら、男がそんなことを言った。

「オレ、キレエな顔の女、好きなんだよね。まあ、全員でヤるのも悪くないんだけど、オラァどっちかってーと、しっぽりすんのが好きなんだよね。マワすと顔殴る奴もいるから、あんたのせっかくのキレエな顔が見れなくなっちまうだろ？　今ちょうど、他の連中が雇い主と連絡を取りに行ってってから、その間がチャンスだと思ってさ！」

最後は叫ぶように言うと、男はアンナリーザに向かって飛びかかってきた。

「きゃああっ！」

咄嗟に避けようとしたが、小屋の壁に背中をぶつけて避け切れない。男の重たい体に屈するように、アンナリーザは床に引き倒されてしまった。

後頭部と尻を強《したた》かにぶつけて、一瞬息ができない。痛みを堪えて歯を食いしばっていると、アンナリーザの上に馬乗りになった男が、下卑《げび》た笑い声を上げる。

「ギャハハハハ！　いいなぁ、その顔！　おキレエな顔が歪むと気分がアガるぜ！　もっと痛がる顔が見てぇ！」

言いながら覆い被さってくるので、アンナリーザは死に物狂いで腕を突っ張って男の体を退けようともがいた。

「やめなさい！　触らないで！」

「おい、痛えだろ！　大人しくしろ！」

手脚を無茶苦茶に動かして暴れると、男は苛立ったように大声を張り上げる。

だがアンナリーザが言うことを聞くわけがない。大人しくならず、ジタバタと暴れまくるアンナリーザに業《ごう》を煮やしたのか、男がチッと舌打ちをして右手を振り上げた。

「テメェ……いい加減に……！」

殴られる、と目を瞑った時、ドアが勢い良く開いて別の男が飛び込んできた。

「おい！　ヤバいぞ！　見つかった！　……って、テメエ、勝手に何してやがる！」

どうやら仲間が戻ってきたらしい。アンナリーザに暴行をしようとしていた男が、もう一度舌打ちをした。

「なんだよ、もう戻ってきやがったのか。今からお楽しみだったのに……」

男が残念そうに言ったが、仲間の方は切羽詰まった表情で叫ぶ。

「テメエ、そんなこと言っている場合か！　追手だよ！　その女を連れて早くズラかるぞ！」

「お、追手!?　なんでだよ、そんなわけ……」

「いいから急げ！　今、ロジャーとゼンが馬に鞍《くら》を付けてる！　早くしろ！」

「早くしろったって――」

怒濤《どとう》のような男たちの会話の途中で、外から新たな悲鳴が聞こえてきた。

「ぎゃあああああっ！」

「待て、待ってくれ……うわあああっ！」

叫び声と同時に、腹部から血を流した男が、開いたドアの手前で倒れ込む。

「嘘だろう!?　もう来やがったのか!?」

急かしていた男が青ざめながら叫んだ。

「な、なんだよ、おい……」

アンナリーザを組み敷いていた男が、上体を起こして狼狽えた声を出してドアの方を見る。

倒れている男の頭を踏みつけて現れた男性を見て、アンナリーザは息を呑んだ。

「カート……」

そこに立っていたのは、なんとカーティスだった。

手にした長剣は血に濡れていて、外にいた男たちを斬ったのが彼だということがわかる。

カーティスは無表情のまま男たちを見ると、アンナリーザの上に乗っている男を見て眦を吊り上げた。次の瞬間、舞いのような滑らかな動きで剣を閃《ひらめ》かせ、残っていた二人の男たちをあっという間に斬ってしまった。あまりに動きが素早すぎて、男たちは斬られたことにも気づかなかったらしく、自分の体から噴水のように噴き出している鮮血を眺め、驚いた顔のまま絶命した。

血飛沫と血溜まりで咽せ返るような生臭さの中、アンナリーザは吐き気を懸命に堪えた。血の色も臭いも苦手だ。だが剣を鞘に納めたカーティスがアンナリーザのもとへ駆け寄ってくるのを見て、吐き気よりも夫に抱き締めてもらいたい願望の方が強くなった。

「ナリ……！」

「……カート……！」

カーティスはアンナリーザの上に乗ったままの男の死体を蹴り飛ばして退かせると、アンナリーザの体を掻き抱いた。温かい胸の中に抱き寄せられると、ドッと恐怖が押し寄せてきて、我慢していた涙がボロボロと溢れ出す。

「もう大丈夫だ。遅くなってすまない……！」

力強くも優しい声に安堵して、アンナリーザは再び意識を失ったのだった。

＊＊＊

『ナリ！　こっちだよ！』

優しい声に、アンナリーザは「これは夢だ」と思った。

なぜなら、この優しい声の主を知っているからだ。

（これは、あの子だ。いつもの、あの子……）

アンナリーザの夢にしょっちゅう出てくるくせに、目が覚めるといつも記憶からいなくなってしまう、アンナリーザの大好きな少年だ。

『ほら、こっちこっち！』

少年は笑いながら、大きなマグノリアの木の下でアンナリーザに手招きしている。

（ああ、不思議ね。今日は顔がはっきりと見える……）

夢の中で、彼の顔はいつもぼんやりとしていてよく見えないのに、今日は靄《もや》を取り払ったようにクリアに見えた。

スッと尖った顎が凛々しく、夏の空のように青い瞳がきれいな、驚くほどの美少年だった。

男の子には珍しく、長い黒髪を後ろで一つに束ねているのが印象的だ。ペトラルカでは男性は髪を短くするのが主流なのだ。最初見た時驚いてしまったけれど、彼にはとてもよく似合っている。

『ほら、花が満開だ。遠くから見るマグノリアもきれいだけど、近くにいないとこの香りは楽しめないからね』

少年はそう言うと、よく匂いを嗅《か》げるようにと、アンナリーザを抱き上げてくれる。

彼に抱っこしてもらうのが嬉しくて、胸がはち切れそうだ。アンナリーザは、彼が傍にいてくれて自分に構ってくれるのが、嬉しくて堪らないのだ。

『すごいすごい！　いい匂いがする！　甘くて、蜜みたいな香り！　ねえ、お花を一つ取ってもいい？　このお花の匂いを持っていたいの！』

花に手を伸ばしながら言うと、少年は苦笑してアンナリーザを下ろしてしまった。

『ダァメ。花は取ったらすぐ萎《しぼ》んでしまうからね。可哀想だろう？』

『そうなのね……。わかったわ』

アンナリーザはしょんぼりとしながらも、すぐに引き下がる。彼に嫌われたくないから、ワガママや無理を言うことはしないと決めていた。

するると少年は、アンナリーザの頭をヨシヨシと撫でた。

『花はダメだけど、今度マグノリアの香りのするキャンディを買ってきてあげるよ』

『えっ？　そんなキャンディがあるの!?』

『王都の外れに、花の香りをつけたキャンディやジャムを売るお店があるんだよ。でも、人気商品ですぐ売れ切れるみたいだから、買えるかどうかわからない。期待しないで待っていて』

『嬉しい！　ありがとう、カート！』

彼が自分のために何かしてくれることが、泣きたくなるほど嬉しかった。

忙しい父や、病気がちな母は構ってくれる暇がないから、アンナリーザはいつも広いお屋敷の中、一人で遊んでいるのだ。

この国の将軍である父が家に帰ってくることは稀だし、体の弱い母は屋敷の敷地内にある別棟に籠っている。

母はしょっちゅう体を壊してベッドに臥《ふ》せっていて、せめて心だけでも明るくするために、音楽家や詩人、旅芸人たちを別棟に呼び寄せたりしている。アンナリーザは母の病気がうつってはいけないので、別棟に入ることを許されていないから、別棟の賑やかな様子を外から眺めることしかできないでいた。

少年は、その母が今招き入れている旅芸人一座の一員だ。まだ子どもだから舞台には立てないが、いずれ俳優になるために修業中なのだそうだ。彼はアンナリーザよりもずっと年上なのに、まだ子どもだなんて不思議な感じだ。

（でも、こんなに格好良いんだもの。きっとすごい俳優さんになれるに違いないわ）

アンナリーザは少年を見るたびにそう思う。彼は本当にきれいな顔をしているからだ。

初めて会った時、まるで絵本の中の王子様が飛び出してきたのではないかと思ったほどだ。

そんな彼は、一座の仕事のない時にこうしてアンナリーザに構ってくれる。

誰かに遊んでもらったことがないアンナリーザは、すぐに少年のことが大好きになった。

彼はきれいなだけではなく、優しくて、頼もしくて、いつもアンナリーザの望む遊びに付き合って、突拍子もないお願いを聞いてくれる。

今も、風に靡《なび》く黒髪があまりにもきれいで、髪に触らせてほしいとお願いしたら、おかしそうに笑いながら「いいよ」と言ってくれた。

マグノリアの木の下で、彼の解いた髪を指で梳くと、サラサラと砂のように流れていってしまう。自分のクルクルとした癖《くせ》毛とは全く違う質感に、思わず「いいなぁ」と声が出た。

すると少年は不思議そうに首を捻る。

『どうして？　僕は君の髪の方が素敵だと思うよ。ふわふわで柔らかくて、ずっと撫でていたくなるもの』

言いながらアンナリーザを自分の前に座らせると、今度は彼がアンナリーザの髪を梳き始める。

優しい手つきにうっとりしながら、アンナリーザは確認した。

『……ほんとう？　私の髪、素敵？』

『とっても。ナリに一番似合っていると思うよ』

『そっか。……えへへ』

少年にそう言われたら、嫌いだった自分の髪が素敵なものに思えてくるから不思議だ。

器用な手つきで髪を結い上げると、彼は自分の髪を結んでいた青い革紐でアンナリーザの髪を飾ってくれた。

『ほら、可愛い』

『わぁ！　この紐、使っていいの？』

『いいよ。僕はもう一つ持っているから』

『じゃあ、お揃いね！　ふふ、嬉しい！　私、誰かとお揃い、一度してみたかったの！』

アンナリーザが満面の笑みになると、少年は目を丸くした後、静かに笑った。

その笑顔が、どこか困ったような笑みに見えたのは気のせいだろうか。

『……君は、お父さんとお母さんのこと、好き？』

どうしてそんなことを訊くのだろう、と思ったが、大好きな少年の質問だ。アンナリーザは屈託なく笑って頷いた。

『もちろん！　あんまりお会いできないけど、お父様はお忙しいし、お母様はお体が丈夫じゃないから仕方ないわ。その代わりお父様は、お会いできた時にはたくさんお洋服や、宝石をくださるのよ』

『お洋服や、宝石？』

少年は少し訝しげに首を傾げる。アンナリーザはいつも同じドレスだし、宝飾品だって身につけていないからだろう。父の買ってくるドレスは飾りのたくさん付いたものばかりで、動き易いドレスはいつも着ている一着だけなのだ。他に見たことないけれど、と言いたげな彼の眼差しに、アンナリーザは微笑んだまま俯いた。

『そう。……本当は、お洋服も、宝石も、そんなに好きじゃないんだけれど……でも、私が喜ぶと、お父様は笑ってくださるから……』

『……そうか』

ドレスや宝石は、アンナリーザの部屋のクローゼットに入りきらないほどになっている。ドレスも宝石も要らないから、本当は、父の膝に抱っこしてもらいたかった。愛しているよ、と頬擦りをしてくれるだけで、どれほど幸せになれるだろうか。

だが現実には、父は家に帰ってきてもすぐどこかへ出掛けてしまい、アンナリーザは渡された贈り物と一緒にこの家に一人取り残されるだけだ。

（……でも、お父様は私のことを愛してくれているもの。たくさんのドレスや宝石が、その証拠だって、メイド長も言っていたし……。お母様だって、たまにお会いできた時には、〝可愛い私のおチビちゃん〟って、頭を撫でてくださるし……）

ちゃんとわかっているし、両親からの愛は伝わっている。アンナリーザはもう十分満足している。

そう思うのに、胸がぽっかり空いたような感じがするのは、なぜなのだろう。

自分の胸を押さえながら考え込んでいると、少年がアンナリーザの頭を引き寄せ、自分の胸に押し当てた。少年の胸に寄りかかるような体勢になったので、慌てて身を起こそうとしたが、彼の手が許さなかった。そのまま彼の胸に抱かれ、よしよしと頭を撫でられる。

『ナリは良い子だな。頑張り屋さんで、我慢強い。でも、そんなに我慢ばかりしなくていいんだよ』

優しい、宥めるような口調に、どうしてか泣きたい気持ちになった。

だが泣いてしまえば、この幸せな時間が消えてしまう気がして、アンナリーザは必死に瞬きをして涙を散らす。

（……ああ、カート。大好き……）

頬に伝わる彼の体温が心地好く、うっとりと目を閉じた。

——すると次の瞬間、場面が切り替わる。

辺りは薄暗く、もうすぐ夜になる頃合いだろうか。

アンナリーザは自室で本を読んでいたけれど、飽きてしまってふらりと庭へ出てきた。

少年と昼間に一緒に見たマグノリアを、なんとなくもう一度見たくなったのだ。

もうすぐ夕食の時間になるから、アンナリーザが部屋にいなければ、メイドが困ってしまうだろう。だがこの家にはアンナリーザを咎める者は誰もいない。執事長もメイド長も困った顔をするけれど、ただそれだけだ。幼い頃には唯一自分を可愛がって、時には叱ってもくれた乳母がいたが、その乳母もアンナリーザが五歳の時に流行病で呆気なく亡くなってしまった。

『ナリ、こんな時間に何をしているの？』

マグノリアを眺めていると、不意に声をかけられた。

振り返れば、少年が驚いた顔でこちらへ駆け寄ってくるところだった。

『カート……！』

思いがけず少年に会えて、どことなく沈みがちなアンナリーザの気分が一気に高揚する。

『ちょっと、お散歩』

『そう。……もう夕食は食べたのかい？』

『ううん、まだよ』

『じゃあ、お腹が空いてるかな？』

少年がニヤリとした笑みでそう言ったから、アンナリーザはすぐさま首を上下させた。本当はあまりお腹は空いていないけれど、彼はそう答えるのを期待している気がしたからだ。

『なら、タイミングはバッチリだったね。はい、これ』

少年がアンナリーザに差し出してきたのは、小さなキャンディの袋だった。

薄緑色の小さなキャンディがいっぱい入っている。

『わぁ！　きれい！　これ、昼間に言っていたキャンディ!?』

キャンディの袋を両手で持って訊くと、彼はちょっと困ったように眉を下げた。

『そう……と言いたいところだけど、マグノリアの味は売り切れてしまっていてね。代わりになるかわからないけれど、ミントキャンディなんだ』

『ミントキャンディ！　私、大好きよ！』

アンナリーザははしゃいだ声を上げたが、実は食べたことはない。

どんな味がするのか知らないが、彼がくれたものなら美味しいに決まっている。

嬉しくて嬉しくて、ほっぺたが赤くなっているのがわかる。

顔が自然とくしゃくしゃな笑顔になって、両腕を広げてカートの腰に抱きついた。

『ありがとう、カート！　大好き！』

アンナリーザが言うと、少年はまた優しく頭を撫でてくれる。

『僕もだよ。可愛いナリ』

＊＊＊

——夢が唐突に終わり、アンナリーザはパチリと目を開く。

一瞬夢か現実かわからず混乱したが、視界に映るベッドの天蓋の模様にホッと息を吐き出した。カーティスと眠るベッドの天蓋だ。

(……これは、現実だわ)

ではさっきまで見ていたのは、夢だ。

(……あんなに鮮明なのに?)

鮮明? 何がだろう。記憶だ。あの少年の夢を、もう何度も見ていた。ぼやけていたのに。あれは現実? 夢? それとも自分の願望? 子どもの頃の記憶はないはずなのに。

いやそれよりも、あの少年の顔が、夫と同じだったのはなぜ? あの母は? 父は? あれも夢? 現実?

一気に噴き出す情報と疑問に錯乱《さくらん》しそうになって、アンナリーザはもう一度ぐっとまぶたを閉じた。

(落ち着きなさい。情報を纏《まと》めるの。そしてすぐ記憶をなくすこのポンコツな頭に、ちゃんと刻むのよ。——今度こそ、忘れないように……!)

あの少年の夢を、もう何度も見ていたことは、多分本当だ。

なぜか目が覚めたら全部忘れてしまっていたけれど、今はちゃんと覚えている。

夢の中でアンナリーザは幼い少女になっていて、自分に優しくしてくれる美しい少年に夢中になっていた。

（——あの少年が、カートの顔をしていたのは、私の願望だから？）

それはあり得る話だ。夢は願望を反映するものだと、昔からよく言われている。

夢の中で少年に抱っこされたのも、髪を結ってもらったのも、お揃いの革紐をもらったのも、以前カーティスに話した願望ばかりだ。だから夢に見たのだと言われれば、そんなものかもしれないと思う。

だがそうだとしても、妙に生々しい夢ではないか。あの庭は見たことがないはずなのに胸が詰まるような懐かしさがあったし、建物の様子もそうだった。なにより、覚えていないはずの父と母への自分の感情に、恐ろしいほど現実味があった。

（もしかして、これは私の記憶なの？）

失っていた、自分の過去なのだろうか。

そう思うと、心臓がバクバクと音を立て始める。

失った記憶を取り戻したいと、本当は、ずっと心のどこかで思っていた。

アンナリーザはどこへ行っても、誰と一緒にいても、自分が空っぽな気がしてならなかった。いつも居場所がなくて、自分を根無し草のようだと情けなく思ったことも、一度や二度ではない。

それは多分、自分が一体何者なのか、知らないまま大人になってしまったからだ。

父と母の記憶があれば、私はもっと誇り高く生きられたかもしれないのに。

今立っているこの場所が、自分の居場所なのだと胸を張っていられたかもしれないのに。

（これが私の過去なのだとしたら……私は、もっとちゃんと、記憶を取り戻したい……！）

心に湧き上がる渇望《かつぼう》は、まるで跳ねる仔馬のように暴れ回っている。

逸る気持ちを抑えようと、アンナリーザは深呼吸を繰り返した。

（……落ち着きなさい。これが夢なのか、現実にあった過去なのかは今調べようがないわ）

なにしろ、調べようにもここはレストニアである。アンナリーザの故郷はペトラルカであり、真実を調べようにもそう簡単に戻ることはできない。

（ああ、そうだわ！　あの少年のことは、カートに訊いたら何かわかるかもしれない……！）

名案だ！　と思ったものの、すぐにそれを否定した。

自分たちが過去に出会っていたなら、カーティスがそのことに触れないわけがない。

だとすれば、やはりあの少年の顔がカーティスにそっくりになっていたのは、アンナリーザの願望の為せる業だったのだろう。

（そういえば、呼び合っていた愛称まで、同じだったじゃない）

さらにはご丁寧にも大好物のミントキャンディまでもらっていて、子どもじみた願望が全開だった。自分の欲望をまざまざと見せつけられると、なかなか恥ずかしいものがある。

（たとえあれが本当に過去の出来事だったとしても、自分の願望を織り交ぜて、良いように変化させてしまったのかもしれないわね……）

ともあれ、夢のことはひとまずおいておこう、とベッドから身を起こした時、寝室のドアが開いてカーティスが顔を覗かせた。

「ナリ！　目が覚めたのか！」

アンナリーザがベッドの上で体を起こしているのを見て、喫驚して駆け寄ってくる。

「カート……」

「起きて大丈夫なのか？　痛いところはない？」

カーティスは悲愴な表情でアンナリーザの体のあちこちにそっと触れ、最後にギュッと抱き締めてきた。

「ああ、ナリ……！　無事で本当に良かった……！」

ため息と共に吐き出された声が切羽詰まっていて驚いたが、夫が自分を心配してくれている様子から、アンナリーザは気を失う直前の出来事を思い出した。

（あっ……！　そうだったわ、私、ならず者に誘拐されて、カートに助けてもらったのだったわ……！）

夢の内容が衝撃的すぎて、そちらのことはスッポリと頭から抜け落ちてしまっていた。

頭の中に誘拐時の記憶がブワッと流れてきて、その中に馬車に体当たりされて倒れている侍女と護衛の姿が映る。ゾッと恐怖に胃が萎縮するのを感じながら、アンナリーザはカーティスの襟《えり》を摑んで勢い込んで訊ねた。

「フィオレは!?　ジョシュア卿は、無事ですか!?」

訊ねられたカーティスは目を丸くしていたが、すぐに「ああ」と首肯する。

「打ち身や捻挫《ねんざ》などの怪我はあるが、日常生活に支障はないよ。フィオレは念の為しばらく安静にしてもらっているが、ジョシュアの方はもう職務に戻っている」

「……ああ、良かった……」

それを聞いて、アンナリーザは心の底からほっとして体の力を抜いた。

最後に見たのが意識のない状態で倒れている二人の姿だったから、もし彼らに何かあったらどうしようと思っていた。特にジョシュアは、アンナリーザを身を挺《てい》して庇ってくれたせいであんなことになってしまった。護衛騎士に選ばれるくらいだ。運動神経は抜群だろうから、彼一人なら馬車を避けられたはずなのだ。

アンナリーザが安堵のため息をついていると、カーティスが呆れたように目を丸くした。

「他人《ひと》の心配をしている場合かい？　彼らよりも君の方がずっと酷い目に遭っているんだよ」

「そんな、程度の問題ではないわ。フィオレもジョシュア卿も、同じ被害者であることに変わりはないですもの。それに気を失うほどの衝撃を頭に受ければ、命に関わる場合だってありますわ。二人が死んでいたらどうしようって、生きた心地がしなかったのですから……！」

「君って人は……」

カーティスはため息と共に吐き出すと、もう一度ギュッと抱き締めてくる。

「……私の方こそ、君が攫われたと聞いて生きた心地がしなかった。君を喪うかもしれないと思ったら……！」

そう呟く彼の声が震えていて、アンナリーザはハッとなった。

カーティスこそ妻も護衛も喪うところだったのだと思うと、大変な心労をかけてしまったに違いない。

「心配をかけてごめんなさい……」

彼の広い背中に手を回し抱き締め返しながら言うと、カーティスは首を横に振った。

「いや、謝るのは私の方だ。君を攫ったのは強硬派の連中だろう。私がこの国をもっと上手く纏めていれば、こんなことにはならなかったのに……！」

ギリ、と歯軋りをする音が聞こえてきて、アンナリーザはその背中を宥めるようにゆっくりと撫でる。

カーティスの苦悩と焦燥が伝わってきて、なんとかしてあげたい気持ちと、申し訳ない気持ちが綯い交ぜになる。彼の苦悩の中には、自分のことも含まれるとわかっているからだ。

(……私がペトラルカの王女でなければ……せめて、ピエルジャコモの娘でなければ、あなたがこれほど苦労することはなかったでしょうに……)

誰が悪いという話ではない。ただ政治の上で決まってしまった話であり、カーティスにも自分にも非はない話だとわかっている。それでも……いや、だからこそ、ままならない現状に苦しむ自分たちが、ひどく憐れに思えてくるから困ったものだ。

(自分を憐れんだからといって、現実は何も変わってはくれないのにね)

それはペトラルカの王宮で嫌というほど実感した真理だ。

だからアンナリーザは自分を憐れみそうになった時こそ、前向きに、そして強気にものを考えるようにしている。

「まだ戦後の混沌が続いているのだもの。敵国であったペトラルカへの怨嗟《えんさ》がなくならなくても仕方ないわ。あなたは良くやってくださっている。私が殺されずにこうしていられるのも、あなたが上手く舵取りをしてくださっているからだわ」

「だが、危険な目に遭わせてしまっ……！」

なおも自分を責めるようなことを言おうとするカーティスの口を、アンナリーザは自分の手で塞いだ。

そしてジロリと夫の青い目を見据えた。

「もうやめて、カート。わかっているでしょう？　私を拐かしたのは、あなたじゃない。悪いのは他の誰でもない、私を拐かそうとした黒幕です。そして私が謝ってほしいのも、あなたじゃなくて黒幕。黒幕に〝ごめんなさい、もうしません〟って泣きながら這いつくばって謝られない限りは、私、絶対に気が済まないんですからね！」

フンッと鼻息荒く宣言すると、カーティスは呆気に取られたようにポカンとした後、ブハッとアンナリーザの手の中で噴き出した。そしてクスクスと笑いながら妻の手を剥がすと、今日三度目になる抱擁をする。今度は、とても優しい抱き締め方だった。

「──そうだな。では私は、嘆いていないで黒幕を捕まえることに注力しよう」

「そうしてちょうだい」

偉そうに顎を上げると、カーティスはまた小さく噴き出して、アンナリーザの額にキスをする。

「君を妻にできたのは、私の人生で一番の幸運だったよ」

「あら。ふふっ…じゃあ私と同じですわね。私の人生で一番の幸運は、あなたの妻になれた。

たことだもの」

夫になったのが、カーティスで良かった。

どんな人間でも我慢しなくてはと覚悟するほど、政略結婚の相手には期待していなかった。

それなのに、誰よりもアンナリーザを理解し、慈しみ、支えてくれる最愛の男性に出会えたのだ。

（……そう、最愛よ。これが愛情でなくてなんだというの）

政略結婚だったし、初対面での印象は最悪だったし、表裏の激しすぎる彼に信用できないと嘆いたこともあった。だがお互いに話し合い、秘密を共有して支え合ってきたことで、夫に対する信頼は深まり、今では彼なしではこの王宮で生きていけないと思うほどだ。

カーティスは、アンナリーザの居場所になってくれると言った。それは言葉だけではなく、もう現実になっているのだ。

（私は、あなたなしには生きていけない）

「あなたがいるから、私は今までの人生で、生きていることを一番実感できているの。……愛しているわ、カート」

愛の言葉を、今初めて口にした。

これまでは、政略結婚という形で結ばれた相手に、愛など告げていいのかわからなかったからだ。

——いや、違う。愛を告げてしまうのが……カーティスを愛していると、自分で認めてしまうのが怖かったのだ。愛している人から裏切られたら、アンナリーザはきっと立ち直れないから。

だがもういいと思えた。

喪うことに怯えるほど自分を必要としてくれるなら、裏切ることはないはずだから。

アンナリーザの愛の言葉に、カーティスはハッとしたように目を見張った後、クシャリと泣きそうな微笑みを浮かべた。

「……私もだ、ナリ。私も、君を愛している」

囁く声が震えているように聞こえたのは、気のせいだろうか。

二人はお互いに見つめ合い、どちらからともなく唇を重ねたのだった。

＊＊＊

「お守りできず、本当に申し訳ございませんでした！」

部屋に入ってくるなり、悲愴な表情でガバリと頭を下げた護衛騎士に、アンナリーザはびっくりして手に持っていたキャンディの缶を取り落としてしまった。

カシャーン、という缶が床に落ちる音が、寝室の高い天井に響く。

——王宮のベッドで目を覚ましてから数日が経っていた。

拉致され手荒な扱いはされたとはいえ、大きな外傷がなかったおかげで、もうすっかり体は癒えている。だが心配性のカーティスに絶対安静を言い渡され、アンナリーザはいまだにベッドから出して貰えないでいた。

「まあ、いきなりどうしたの、ジョシュア卿……」

頭を下げたまま動こうとしない大男を見ながら、フィオレが拾ってくれた缶を受け取った。

(ああ、良かった。どこも傷んでいないわね……)

夫からもらったこのミントキャンディは、アンナリーザの宝物だ。中身のキャンディも大事に食べているが、この可愛い缶も大切にしている。傷が入ったり凹《へこ》んだりしていたら落ち込まなければならないところだった。

ホッとしながらキャンディの缶をベッドのクッションの上に置き、改めてジョシュアに向き直った。

今日はならず者に襲撃を受けた時、身を挺して守ってくれた護衛に、礼を言おうと思って呼び出したのだ。

「どうか頭を上げてちょうだい。私はあなたにお礼を言うために呼んだのよ。謝罪される謂《いわ》れはないわ」

アンナリーザが言うと、ジョシュアはようやく頭を上げたものの、その表情は険しいままだ。

「いいえ。感謝のお言葉など、自分には受け取る資格はありません。自分が気絶などしたせいで、王妃様をならず者どもに拉致させてしまいました。全ては自分の未熟ゆえの失態です……本当に、申し訳ございませんでした！」

最後は叫ぶように言って、ジョシュアはまたガバリと腰を九十度に折って頭を下げる。

アンナリーザはやれやれと肩を竦めた。

「あなたは十分によくやってくれたわ。あなたが守ってくれなければ、私は今頃あの馬車に轢かれてペシャンコだったでしょうし、突撃してくる馬車と衝突すれば、誰だって気絶するわよ。むしろ日頃から騎士として鍛錬を欠かさなかったあなただからこそ、気絶で済んだのよ。そうでなければ、きっと死んでいるわ。だから、私がこうして生きているのも、あなたのおかげなの。だから、もう頭を上げて。そして私にお礼を言わせてちょうだい」

にっこりと笑うと、ジョシュアは一瞬泣きそうな情けない表情になったが、すぐにキッと唇を引き結んだ。

「王妃様は、再び自分を護衛騎士としてご指名くださったと伺いました」

実はあの事件で、ジョシュアはアンナリーザの護衛から外されてしまっていた。護衛騎士でありながら王妃を守り切れなかったことが原因らしく、王妃付きの護衛騎士からの解任だけでなく、降格処分にもなったそうだ。

カーティスは『妥当な処分だ』と言っていたけれど、そんなことを認めるわけにはいかない。

アンナリーザは『とんでもない！』と猛烈に抗議し、ジョシュアを自分の護衛に戻してもらったのだ。降格については、一度させてしまった以上すぐに元に戻すことはできないらしく、しばらくは我慢してもらわなくてはならないそうだが。

「馬車の追突にも負けず、私を守れるほど屈強な騎士は、あなたくらいだもの。あなたが嫌でなければ、また護衛をお願いしたいと思うのだけれど……」

ジョシュアはペトラルカに反感を持つ家の息子である。彼が嫌ならば強要はしないつもりだったので、お伺いを立てるように言ったのだが、ジョシュアは何かを決意したような表情でその場に片膝をつく。

「――？」

どうしたのだろう、と目を瞬いていると、彼は帯刀していた長剣を床に突き立てるようにして置き、まっすぐにアンナリーザを見て言った。

「――我が剣を王妃陛下に捧げます」

「え……？」

突然のことにびっくりしていると、傍に控えていたフィオレがそっと耳打ちをしてくる。

「〝忠誠宣誓〟ですわ、アンナリーザ様」

「えっ？」

説明されて、ますます驚いてしまった。

それはレストニアの騎士が主を選んだ時にする儀式だ。

ペトラルカには軍人しかおらず、騎士というものが存在しない。軍人は国家に対して忠誠を誓うのに対し、騎士は個人に忠誠を誓うのだ。『自分だけに忠誠を誓って守ってくれる騎士』というものは物語の題材にもなりやすく、ペトラルカでもよくレストニアの騎士を主人公にした芝居が流行ったものだ。

つまりジョシュアは今、アンナリーザを自分の主と決めたと言っているわけだ。

「あっ、えっ？　待って、ジョシュア卿、確かに護衛騎士をお願いしたいとは言ったけれど、何もそこまでしなくても……」

なにしろ、レストニアの騎士が主とするのは、生涯でただ一人だ。

そんな大事なものに自分が指名されるなんて思ってもみなかったし、ましてジョシュアはアンナリーザを嫌っていたはずなのに。

だがジョシュアは真剣な表情で首《こうべ》を垂《た》れた。

「これまでのご無礼をお許しください、王妃様」

「ぶ、無礼って、そんなことは……」

思い当たる節がないではないが、と視線を泳がせると、ジョシュアがキッパリと首を横に振る。

「いいえ。両国の橋渡しとなるために、そしてこのレストニアの復興のために日々尽力していらっしゃる王妃様に対し、礼儀に悖《もと》る態度でした。レストニアの民としてあるまじき愚行です。全ては恨みに視野が狭くなっていた自分の未熟さゆえ」

「……ジョシュア卿……」

アンナリーザは感動に胸がじんとしていた。

レストニアに嫁いでから初めて受けた、この国の人からの謝罪だった。

アンナリーザは、この国の人たちから冷遇されることを『仕方ない』と諦めてはいたが、それが正しいと思ってきたわけではない。どんな理由があろうと、人を虐げることに正当性などあるわけがない。

ペトラルカへの怨嗟をアンナリーザを苛めることで晴らすのは間違っていると、いつか彼らにもわかる日がくる。いつか、わかり合える日が来る。そう思ってずっと耐えてきたのだ。

だからこうしてジョシュアにこれまでの態度の悪さを謝罪されて、感慨深い気持ちになった。

（……私は、間違っていなかった）

「……叱責を恐れずに申し上げますと、自分は王妃様の護衛に命じられたことを、不名誉だと思っておりました。修道院へ随行した際も、なぜ自分が、という気持ちがなかったとは言えません。その傲岸不遜《ごうがんふそん》な考えが隙を作ってしまったのでしょう。ですから今回のことで陛下に失望され、王妃様の護衛を外されたことも、降格も、己が招いたことなのだと、そう思っておりました。それなのに王妃様は、もう一度自分に機会を与えてくださった。あれほど無礼な態度を取った自分に、そのような温情をかけてくださって……！」

ジョジュアは言いながら感極まったように声を詰まらせる。

温情をかけるとか、機会を与えるとか、そんな大層なことを考えていたわけではなかったが、感動しているジョシュアを前にそんなことは言えない。

アンナリーザは困ったように笑って頷いた。

「ありがとう、ジョシュア卿。あなたにそんなふうに思ってもらえて嬉しいわ。これからも、どうぞよろしくね」

アンナリーザの言葉に、ジョシュアは子どものような笑顔になって「はい！」と返事をしたのだった。

ちょうどその時、部屋にノックの音が響いた。許可を出すと、入ってきたのはアルマベール夫人で、ジョシュアの姿を見て一瞬驚いたように目を丸くした。だがさすが古参女官、すぐにいつもの無表情になって手にしたトレーをアンナリーザのもとへ運んでくる。

「昼食をお持ちいたしました」

「ありがとう、アルマベール夫人」

アンナリーザは微笑んで礼を言った。

それに夫人は無言で頭を下げ、スッと部屋の隅に控える。

(相変わらずクールね……)

アンナリーザは心の中でクスッと笑った。こんなにクールなのに、孤児院訪問の時にはそっとビスケットを差し入れてくれるサプライズをしたのだから、ギャップの激しい人である。

ジョシュアのように極端ではないが、最近はアンナリーザへの態度が軟化する者もチラホラ現れ始めている。この女官も、ジョシュア同様にアンナリーザへの態度を軟化させた一人だ。

アンナリーザの身の回りの世話を放棄していたというのに、今ではフィオレに協力して行ってくれている。余所者であるフィオレではわからなかったり、処理できなかったことをアルマベール夫人がやってくれるので、アンナリーザの生活の質はぐんと向上したと言える。

「あら、そういえば、夫人とジョシュア卿は姉弟なのよね？」

ふと思い出した情報に、アルマベール夫人の眉がぴくりと上がった。そしてジョシュアの方へ視線を送り、ジョシュアはちょっと困ったような情けない顔をしている。

「……あら、ごめんなさい。もしかして、秘密のお話だった？」

明らかに弟のおしゃべりを咎める姉の顔をしていたので、この話題はまずかったのだろうかと焦ったが、夫人が小さなため息をついて口を開いた。

「――いいえ、構いません。秘密にしているようなことではありませんので。ただ、私は父の……ダンバー侯爵の前妻の娘ですので、弟たちと同じ立場ではないものですから……」

「まあ、そうだったの……」

知らなかった話に、アンナリーザは相槌を打ったものの、心の中で首を捻る。

(前妻……？　確かヨセフ教では離婚を許していないはずよね……？)

不思議に思っていることが顔に出ていたのか、アンナリーザの表情を見た夫人が説明してくれた。

「私の母は私が幼い頃に亡くなっております。我が国では配偶者に先立たれた時だけ、再婚を許されていますから、父はその後、弟たちの母である現在の継母と結婚したのです」

「なるほど……そうだったのね」

ちょっと複雑な家庭事情があるようだ。

ジョシュアが夫人を見る眼差しが遠慮がちなのも、弟に対する夫人の冷たい態度も、家族というには少しぎこちないように見えたのはそのせいなのだろう。

なんとなく気まずい雰囲気になってしまい、アンナリーザはとりなすように笑顔を作る。

「でも、二人は目の形がそっくりだわ。やっぱり姉弟なのね」

「……そうですか。初めて言われました。私の顔は亡くなった母にそっくりだそうですが」

「……そ、そう。でも似ていると思ったんだけど……」

さっくりと否定され、アンナリーザはしょんぼりと肩を下げた。

心なしかジョシュアも寂しそうな表情になっていて、なんだか申し訳ない気持ちになる。

二人でしょんぼりとしていると、夫人はもう一度ため息をついた。

「私の母と父はいとこ同士でしたので、弟と目が似ていても不思議はありません」

「ま、まあ、そうなのね。でも、夫人とそっくりだったなんて、お母様もさぞかしお美しい方だったのね」

夫人は今三十代後半ぐらいだろうか。豊かな赤い髪が艶やかで、たっぷりとした長い睫毛が印象的な美人だ。

アンナリーザの心からの賛辞に、けれど夫人は微塵《みじん》も心を動かされた様子のない無表情で「ありがとうございます」と応じた。

「お、お世辞ではないのよ？」

「……私などより、アンナリーザ様の方が、よほどお美しいかと」

素っ気なく返され、アンナリーザは苦笑する。自分が美人の部類だということは、知っている。そのおかげで、伯母から余計な嫉妬と警戒をされたのだから。

「それはありがとう。私も、この顔はお母様に似ているらしいのよ」

アンナリーザの言葉に、夫人が珍しく表情を僅かに変えた。

「……〝らしい〟というのは？」

「私は子どもの頃の記憶がないものだから。両親は火事で死んだのだけど、私はそのショックでそれ以前の記憶を失ってしまったの。だから両親の記憶は何も残っていないのよ。私が母に似ているというのも周囲からそう言われただけで、母の顔を覚えていないし肖像画なども残っていないから、確かめようもないのだけど」

サラリと説明したが、夫人とジョシュアは驚いた表情で言葉を失っていた。

「……あっ、ごめんなさい。あまり聞いていて面白い話ではなかったわね……」

ついうっかり両親の話をしてしまったが、父親はこの人たちにとっての仇敵だったのだ。

焦って口元を手で覆っていると、ジョシュアが怪訝そうに訊いてきた。

「肖像画が残っていない……？　ピエルジャコモは王弟だったのでは？　ならば王宮に一枚くらい残されていたのでは？」

妙な質問だなと思ったが、向こうから父の名前が出たので、アンナリーザは仕方なく頷く。

「あ、ええ、父の肖像画は王宮に残っていたけれど、母のはなかったの。母は平民だったから、王宮への出入りを遠慮していたようで……」

ペトラルカは貴族と平民との結婚は認められているが、王宮に入れるのは貴族以上の身分の者だけだ。よって平民出身の妻は王宮に足を踏み入れることはできないが、王族の妻となった者だけは例外だ。王族は神々の血を引いた聖なる存在であるため、その聖なる存在に認められた配偶者もまた聖なる存在となるのだ。王を神聖視させるための数多くある古《いにしえ》からの仕掛けの一つだ。

ともあれ、そんなわけでアンナリーザの母も王族の妻なので王宮に入ることができたはずなのだが、父が遠慮して王宮には入れなかったのだそうだ。

アンナリーザの答えに、訊ねたジョシュアだけでなく、なぜかアルマベール夫人も愕然とした表情になった。

（……え？　何？　私、何か変なことを言ったかしら？）

狼狽えてフィオレの方を見たが、彼女も姉弟の様子に意味がわからないという顔をしている。

二人でオロオロとしていると、やがて夫人の低い声が聞こえた。

「……では、あなたは自分の母親が何者であるかをご存じないということですか？」

「わ、私のお母様……？　え、ええ。父がどこかから連れてきた平民の娘ということしか……」

アンナリーザが口籠りつつも答えると、夫人はフーッと細い息を吐いた後、「なるほど……」と小さく呟く。

何が『なるほど』なのかさっぱりわからず、ジョシュアの方を見たが、彼もまた沈鬱な面持ちで視線を床に落としていた。

「ま、待ってちょうだい。これはどういう意味の質問だったの？　私のお母様について、あなたたちは何か知っているの？」

アンナリーザは訊ねたが、二人とも下を見つめたまま口を閉ざす。

(お母様が平民ではなかったということ？　でもそれをどうしてペトラルカの人間ではないこの人たちが知っているの？)

これまで母の出自について深く考えたことはなかった。父は『女神へべの娘』だとか嘯いていたらしいが、父に見初められて拾われた平民の女性だっただろうことは間違いないと思っていたからだ。

だが彼らの反応からして、母はただの平民ではなかったようだ。

「……もしかして、お母様は、レストニアの人間だったの……？」

そうでなければ、レストニア人である彼らが、母の話題にこれほどまでに反応するのは不自然だ。

アンナリーザの辿り着いた答えに、姉弟の目に同時にギクリとした色が浮かんだ。それが答えのようなものだ。

「──そう、そうなのね。お母様は、この国の人……」

アンナリーザの呟きに、夫人がサッと声を上げる。

「どうかお忘れください、アンナリーザ様！」

「えっ……」

その切羽詰まった声色に目を見張ると、夫人がその場で膝を折り、懇願するように顔の前で両手を組んでいる。

「アルマベール夫人……？」

「この王宮では、アンナリーザ様のご両親について、箝口令《かんこうれい》が布《し》かれております。会話の流れとはいえ、ご両親について言及したことが知れれば、我々はもうここにはいられません」

「箝口令……」

アンナリーザは呆然と鸚鵡《おうむ》返しをした。

王宮でそれを布くことができるのは、王であるカーティスだけだ。

（……多分、それは私のため……よね）

ピエルジャコモのことで、表立ってアンナリーザを糾弾する者が出ないようにするためだろう。

すぐにそう思い至ったのに、不穏なものが胸に引っかかる。

（……だったらなぜ、お母様がこの国の人間だということを、私に教えてくれなかったの……？）

カーティスと話している時にも、母についての話題が出たことを覚えている。あの時彼は何も言わなかった。

（私に隠す理由があるはず……それは何？）

おそらく、アンナリーザを何かから守るためだろう。当たり前だが、カーティスが自分を陥れようとしているとは全く思わなかった。アンナリーザは彼を愛しているし、信じている。彼が秘密を作るとしたら、それがアンナリーザのためだからという理由しかない。

つまり、アンナリーザが母について何か知れば、良くないことが起きるのかもしれないということだ。

（――でも……だからといって、私は知らなかったことにはできない……！）

あの夢をきっかけに、自分のルーツについて知りたいと思った。自分が何者であるかを知れば、もっと胸を張って生きられるかもしれない。

なによりも純粋に、自分の母が何者であったかを知りたかった。

どんな人で、どんなふうに生きて、何を願った人だったのか。

（――でも、その私の願いと、この二人は無関係だわ……）

アンナリーザはアルマベール夫人とジョシュアを交互に見つめる。

母は何者なのか、カーティスに訊くのが手っ取り早い。だがそうすれば、情報を漏らしたことで彼らが罰せられる。ようやく自分に心を開いてくれた二人を失うのは、アンナリーザとしても痛い。

（ならば――）

「……わかったわ。もう、このことは忘れます」

アンナリーザは未だ嘆願の体勢のままでいる夫人に向かって言った。

ジョシュアのほぅ、というため息が響き、夫人が「ありがとうございます」ともう一度頭を下げた。

「あなたたちにも心配をかけてしまってごめんなさいね。しばらくはゆっくり静養するから、安心してちょうだいね」

アンナリーザはにこりと微笑んでそう言うと、すっかり冷めてしまった昼食に手を伸ばしたのだった。

第四章

「——あなたは、王妃陛下ですね。このようなむさ苦しい場所へ、ようこそいらっしゃいました……」

供も連れずに単身で戸口に立つアンナリーザを見たカーライル侯爵は、言葉では歓迎しながらもその表情は強張っていて、明らかに困惑しているのが見て取れた。

（——それはそうでしょうね。ごめんなさいね。何の前触れもなく王妃が単身で訪問すれば、驚くのも当たり前だわ……）

まして、自分は曰くつきの王妃だ。

アンナリーザは胸の裡《うち》で謝りながらも、にっこりと微笑んで頷いた。

「先触れもなく突然訪ねてしまって申し訳ございません、侯爵。ですが、どうしても知りたいことがございまして……」

アンナリーザの台詞に、侯爵が端正な顔を引き攣らせた。

確か三十代後半だったか、年齢の割に肌に張りがあり、その美しさも相まってまだ二十代にも見える。

そしてなにより、その美貌には見覚えがあった。

(……なんてこと、この方の顔……私に、似ている……!)

明るい金の髪、モスグレーの瞳といった色合いが同じだし、華やかと言われる目鼻立ちがそっくりだった。まるでアンナリーザを男性にして年を取らせた姿と言っても過言ではない。毎日鏡に映る自分の顔を見ているが、これほど自分と似ている人を見たのは初めてだった。

自分とこの侯爵の間に、血縁関係を疑うのは無理からぬことだろう。

(そして私は、お母様に似ていると言われていた――)

つまり、カーライル侯爵は母の血縁者である可能性が高いということだ。

(この方が、お母様に縁のある方なのかしら……?)

心の内の動揺を気取られないように、アンナリーザは震える手をそっと拳にして隠した。

ごくりと唾を呑んで、侯爵の反応を待つ。

すると彼は諦めたように目を閉じると、くるりと踵を返してアンナリーザを屋敷の中へと招き入れた。

「私にお答えできることがあればよろしいのですが……」

明らかに歓迎していない様子ではあるものの、屋敷の玄関に王妃を立たせておくわけにはいかないと思ったようだ。

おそらく、穏やかで優しい気質の人なのだろう。アンナリーザを疎ましく思っているのなら、追い返すこともできたのに、そうしないでくれたのだから。

侯爵は執事にお茶の用意を言いつけると、アンナリーザを応接室へと通した。

促された三人がけのソファに座ると、侯爵はその対面のソファに座り、膝の上で両手を組み、暗い目をして口を開く。

「――それで？　何をお知りになりたいとおっしゃるのでしょうか？」

「……このカードが私のドレッサーに置かれていました」

アンナリーザはドレスのポケットに忍ばせていたカードを、侯爵の目の前にスッと差し出した。

それは今朝、アンナリーザがドレッサーの抽斗《ひきだし》を開いた時に見つけたものだ。いつ誰が置いたのかはわからない。アンナリーザの部屋には多くの女官が出入りするし、夕食などでアンナリーザが部屋にいない時間も少なくないからだ。

だが、内容からしてアンナリーザに反感を持つ者の仕業であることは間違いない。

罠かもしれない、と思ったが、それ以上に真実を知りたいという気持ちの方が強かった。

アンナリーザは衝動のままに自分が持つ衣装の中で最も地味なものに着替えると、フィオレの目を盗んで自室を飛び出し、ちょうど城から出るところだった食材を運ぶ荷馬車にこっそりと忍び込んだ。街に出たところで荷馬車を降り、辻馬車を拾ってここまでやって来たのだ。

振り返ってみれば、かなり大胆な真似をした自覚はある。なにしろ、この間誘拐騒ぎがあったばかりだ。フィオレが今頃困っていることだろう。

（……ごめんなさいね、フィオレ。これが終わったら、必ず帰りますから……）

大切な侍女に迷惑をかけてしまうことになっても、知らなくてはならない事実があると思った。

侯爵は訝しげに眉根を寄せた後、そのカードを取って中を開く。

「……　〝お前の母親はレストニアの売国奴だ。真実が知りたければカーライル侯爵家を訪ねろ〟」

中に記されている文章を読んだ後、彼はカードを閉じてアンナリーザを見つめた。

「……なるほど。それで？」

「……と、おっしゃいますと？」

「あなたがここにいるのは、真実を知るためですか？　あるいは、確認のためですか？」

皮肉げに言った侯爵に、アンナリーザはぐっと唇を引き結ぶ。

おそらく、彼はアンナリーザを試しているのだ。

ごくりともう一度唾を呑むと、アンナリーザはキッパリと言った。

「後者ですわ」

本当は、『真実』が何であるか確信は持っていない。だが、カードに書かれた『売国奴』という強烈な憎悪のこもった言葉から、アンナリーザの父だけでなく、母もまたこの国の人々の憎しみの対象であったということが推測できた。そしてその父と母が夫婦として生きていたことを考えれば、出てくる答えはこれだ。

「私の母はレストニアの人間で、我が父ピエルジャコモの味方をした悪女だということを、あなたに証明してもらうために来ました」

アンナリーザの答えに、侯爵は額を押さえてしばらく沈黙した後、ドサリとソファの背凭れに身を預ける。

「……せっかく陛下が布かれた箝口令が無駄になったというわけか。……まあ、時間の問題だろうとは思っていましたが……」

「……私が来るのを見越しておられたのですか？」

「目に見えたことですから。ピエルジャコモと我が姉に対するこの国の憎悪は、消えることのない地獄の業火のようなもの。隠そうとして人の口に戸を立てたところで、業火に焼き尽くされるだけでしょうから。いずれ私が王宮に呼ばれるか、あなたがいらっしゃるかのどちらかだと思っていました」

（――〝我が姉〟……、では私のお母様は、侯爵閣下の姉なのね……）

アンナリーザは侯爵の口から出る真実を、一つも取り零さないようにしながら聞いていた。

母はこのカーライル侯爵家の令嬢だったのだ。

「……叔父様、とお呼びすればよろしいですか？」

自分と血の繋がった人だと思うと込み上げてくる感情があって、ついそんなことを訊ねてしまった。

だが侯爵ははっきりと顔を歪めてそれを拒んだ。

「――いや、それはやめていただきたい。我がカーライル家は、キャサリンが売国行為をする前に勘当し縁を切っていたからこそ、罪を逃れることができたのです。そうでなければ、私も十七歳で死んでいたでしょう」

「……そ、そうだったのですね……」

アンナリーザと親戚であると認めるような真似をすれば、カーライル侯爵家が危険に晒されるのだろう。母の犯した罪――売国奴とまで罵られるような罪とは、具体的にどんなものなのか。貴族とはいえ、若い娘であった母にできることなど限られているのではないだろうか。

「母のフルネームを教えていただけますか？」

アンナリーザが問うと、侯爵はアンナリーザと同じモスグレーの瞳を伏せて答えた。

「キャサリン・フランセス・ブランドン――先代のカーライル侯爵、私の父イーサンの長女であり、唯一の娘でした」

（キャサリン・フランセス・ブランドン……）

アンナリーザは教えてもらった母の名前を心の中で復唱する。

母はペトラルカでは『デア』と呼ばれていた。アンナリーザには記憶がないので、伯父がそう教えてくれた。ペトラルカの古語で『女神』を意味する言葉だ。ペトラルカのミーレ教の女神たちは大変嫉妬深いと考えられていて、そんな大それた名前を付ければ女神の怒りを買うから、おそらく本当の名ではなく父がつけた通称だろうと思っていたが、伯父を含め母の本当の名を知る者はいなかったのだ。

（……お父様は、お母様の出自をペトラルカでは内緒にしていたんだわ……）

敗戦国の貴族の娘と知れれば、蔑《さげす》みや虐めの対象になる。それを恐れてのことだったのだろう。

だが頭の中で考えていたことは、侯爵の言葉で消し飛んでしまった。

「姉は生まれた時から大変美しく、十五歳になる頃にはこの国で一番の美人だと評判になり……亡きヘンリー王太子殿下の妃となりました」

「え、ま、待ってください！　ヘンリー王太子殿下ということは……陛下のお兄様？　私の母は、この国の王太子妃だったのですか!?」

アンナリーザの驚きに、侯爵の方も驚いた顔になる。

「そこはご存じなかったのですね……」

「あ……す、すみません。今、初めて知りましたわ……」

素直に白状しながらも、自分の顔から血が引いていくのがわかった。

だとすれば、とんでもないことだ。

アンナリーザはなんとなく、母はレストニアの貴族の娘でありながら、父に恋をしたから国を捨て、ついていったのかと思っていた。だが、それが『王太子妃』であったのなら話は別だ。王家の人間となった以上、王家の秘密を知ることができる。

（――例えば、王城の隠し部屋や隠し通路……）

どんな城にも襲撃に備えて逃亡できるように隠された通路があるものだ。そしてその在処は、王妃や王太子妃といった、次代の血統を受け継ぐ子を身籠る可能性のある者にだけは伝えられる。

（――もしかして、私のお母様は、その隠し通路の場所を敵であるお父様にバラしたのでは……？）

そして父が王城を襲撃し、隠し通路から逃げようとした王族たちを皆殺しにした。

――だとすれば、それは確かに『売国奴』と呼ばれるだけの大罪だ。

真っ青な顔をしているアンナリーザに、侯爵が「大丈夫ですか？」と声をかけてくる。

「……大丈夫ですわ……」

「しかし……顔色が紙のようですよ」

「……わ、私は、このカードが届くまで、自分の母がペトラルカ人の平民であると信じて生きてきたものですから……」

　震える声でそう答えると、侯爵はハッと皮肉げに笑った。

「なるほど。姉はペトラルカでは自分の素性を隠していたのですな。……確かに、敵国の王太子妃が将軍の妻に収まるとなれば、諜報員《スパイ》だと疑われる可能性が高い。自分の身を守るためならどんな嘘でもつく、あの人らしい話だ」

　実の姉を蔑むような発言に、アンナリーザはますます血の気が引く思いがした。

　だがここで怯んでいては何も始まらない。

（私は、母の真実を知りたくてここに来たのだから……！）

　それがどんなに醜悪な真実であったとしても、この国の王妃として立つなら、知っておくべきだろう。

「実は私は、両親の記憶がありません。火事で両親が亡くなった時に、そのショックで記憶を失ったらしいのですが……。もしよろしければ、母の話をもっと教えてくださいませんか？」

　だが侯爵は素っ気なかった。

「申し訳ないが、あなたが事情をあまり知らないとわかった以上、私の口からこれ以上何も申せません。陛下より厳しく箝口令が布かれておりますから」

わかってはいたが、やはり自分は歓迎されていないらしい。

(でも、ようやくここまで知ることができたのに……)

王宮に戻ってしまえば、きっとカーティスが二度と勝手に抜け出せないようにしてしまうだろう。

もう二度とこんな機会は巡ってこないと思うと、アンナリーザは焦ってしまう。

「そんな……どうか、お願いです……!」

両手を組んで神に祈るようにして懇願すると、侯爵はやれやれというように肩を竦めた。

「私の母なら……」

「……え?　お祖母様が生きていらっしゃるのですか!?」

てっきりもう亡くなったのだと思っていた。

「ええ。もうずいぶん耄碌《もうろく》しておりますが。あの戦争を生き延びたものの、夫と息子二人を喪い、さらに娘があのような真似を……」

侯爵はこれ以上は口にしたくないとばかりにため息をつく。

「ともかく、母は耄碌しておりますから。そのような者が口走ったことなど信憑性はないと、大目に見ていただけるでしょう。会っていかれれば良い」

「あ、ありがとう、ございます……」

アンナリーザが礼を言うと、侯爵はソファから立ち上がり、「案内は使用人にしてもらってください」と言って部屋を出ていった。

応接室にポツンと残されたアンナリーザは、しばらく呆然として虚空を見つめていた。

（……お母様が、売国奴……）

父だけでなく、母までも、この国の仇だったとは。

その娘であるアンナリーザは憎まれて当然だ。

（アルマベール夫人や、ジョシュアも知っていたから、あの反応だったのでしょうね……）

アンナリーザが母親は平民の娘だと言った時、夫人は驚きと同時に「なるほど……」と呟いていた。あれは『知らないからお前は平気な顔でこの王宮にいられたのだな』という納得だったに違いない。

ジョシュアや夫人が知っているということは、王宮内のほとんどの人が知っている事実なのだろう。

（……だからこそ、カートが箝口令を布いたんだわ……）

様々な感情が浮かぶが、どれも重く苦しいものばかりだ。

自分は本当に王妃としてあの宮殿にいてもいいのだろうか——そんなことまで考えてし

まう。

どれほど恨まれていたとしても、嫁いだ以上は二国の架け橋になるために尽力すると覚悟を決めていたはずだったのに。情けないと自分でも思うが、母の罪を知った今、それが本当に正しい覚悟なのだろうかと疑問を感じてしまうのだ。

しばらくすると、老年のメイドがやって来た。「大奥様の所へご案内いたします」と頭を下げたので、アンナリーザは彼女についていった。

案内されたのは、侯爵邸の敷地内にある離れだった。

(……そういえば夢の中で、お母様が住んでいたのも離れだった……)

そんなことを思い出しながらメイドの背中を追いかけると、ドアの前で老年のメイドは恨みがましい目でこちらを見て言った。

「大奥様は安らかにお過ごしになられるために、この離れにお住まいです。どうかあまり大奥様を刺激なさいませんよう」

普段祖母の身の回りの世話をしているメイドなのかもしれないが、主の客人に対して一介のメイドがとって良い態度ではない。だがおそらくこのメイドはカーライル侯爵家に深く縁のある人物なのだろう。耄碌したとは言っていたが、祖母は前侯爵夫人だ。前の女主人の世話を任されるくらいだから、もしかしたら乳姉妹のような近しい存在なのかもしれない。

（……フィオレも、私を苦しめる相手には牙を剝くわね……）

自分に忠実な侍女を思い出し、アンナリーザは微笑んでメイドを見た。

「善処します。……あなたのような人が、お祖母様の傍にいてくれて嬉しいわ。ありがとう」

思いがけない反応だったのだろう。メイドはギョッとしたように目を見開いた後、気まずそうに咳払いをして離れの中に入っていった。

その後を追うようにして中に入れば、少し埃《ほこり》っぽい匂いがした。古い図書室なんかの匂いと似ていて、アンナリーザは興味深く玄関《ホール》からの景色を眺め見る。こぢんまりとした広間《サルーン》はシャンデリアや暖炉もあり、離れだがちゃんと貴族の屋敷のていを成している建物であることが見て取れた。

だがアンナリーザが眺めている間にも、メイドはさっさと進んでいく。その足は老人とは思えないほど速く、その背中はもうすでに居間《パーラー》のドアの前にいたので、アンナリーザは慌てて小走りで彼女の傍まで行った。

メイドはちらりと横目でアンナリーザがいることを確認すると、コンコンコン、とドアをノックして大きな声を張り上げた。

「大奥様、お客様をお連れいたしました」

メイドの声に、ドアの向こうからしゃがれた声が応える。

「お入り」

これが祖母の声か、と不思議な心地で聞きながら、アンナリーザは緊張にゴクリと唾を呑んだ。

メイドがドアを開けると、日当たりの良い居間の様子が見えた。暖炉があり、座り心地の良さそうな二脚のソファ、古いピアノが置かれてある。

そして光のたくさん入り込む掃き出し窓の傍に、車椅子に乗った老女がいた。

明らかに貴婦人だとわかるドレスは、墨色《すみ》——喪服だった。

(——あ……)

アンナリーザはギクリとする。

誰の喪に服しているのかは明白だ。彼女は二十年前の戦争——ピエルジャコモの襲撃によって、夫と息子二人を喪っている、と侯爵が先ほど言っていた。

喪に服すのは一年だ。戦争が終わって二十年経った今もなお喪服を着続けているのは、彼女にとってあの戦争がまだ終わっていないからではないのか。

(……私、ここに来たのは間違いだったかもしれない……)

夫と息子を悼《いた》んで暮らす祖母の静かな生活を、自分の存在が壊すのは目に見えている。

やはり会わずに去った方がいいのではないかと思った時、老婦人の穏やかな声がした。

「お客様だなんて珍しい。でも嬉しいことね……」

そう言ってこちらへ視線を向けた瞬間、彼女は形相を変えた。

「キャサリン！　お前！　この不届き者め！　よくもおめおめと顔を出せたな！」

赤黒く染まった顔を憤怒《ふんぬ》に歪め、老婆が唾を飛ばして叫び出す。

どうやらアンナリーザを娘のキャサリンだと思い込んだようだ。年齢を考えればあり得ないことだとわかりそうなものだが、彼女は耄碌していると侯爵が言っていたから、もう判別がつかなくなっているのだろう。

「大奥様！　お鎮まりくださいっ……！」

メイドが焦って主人を落ち着かせようと傍に駆け寄るが、老婦人は膝に置いていたステッキを振り回してそれを妨害する。

「この裏切り者！　王太子妃となった身でありながら、殿下を裏切って不貞行為を繰り返しただけでは飽き足らず、敵に与《くみ》して国を売るなど……！　お前が手引きしてピエルジャコモを王宮に招き入れたせいで……逃亡用の通路まで教えたせいで、国王の御一家はあの大悪党に殺されておしまいになった！　どの面を下げてこの国へ帰ってきたのだ！　死ね！　お前は死んでお詫びするのだ！」

悪鬼のような顔でがなり立てる祖母の顔を呆然と見ながら、アンナリーザは自分の予想が正しかったことを知って奥歯を噛んだ。

（……ああ、なんてこと……！　やっぱりお母様が手引きして……！）

自分がこの国でこれほどまでに忌み嫌われる理由が、どっしりと肩に伸し掛かってくるのを感じて、アンナリーザは目眩がした。

父が仇敵だったことよりも、母がこの国の売国奴であったことの方が、心象が悪いのは言うまでもない。どちらかというと母の裏切りの方が恨みが深いのだろう。

「イーサンが娘のお前を見放し、絶縁を公にしてもなお、ヘンリー殿下はお前をお見捨てにならなかった！　それほど愛されながら、お前は一体何が不満だったのだ！　お前は殿下だけでなく、父を、兄たちを殺したんだぞ、この悪魔！　お前など、お前など、産まなければ良かった……！」

祖母の叫びは悲痛だった。涙を流し、怒りと後悔に今にも憤死しそうな勢いだ。その激しい糾弾に圧倒され、身を竦ませるばかりのアンナリーザに、メイドが苛立たしげに叫んだ。

「どうぞ出て行ってくださいませ！　大奥様がこのような状態では、とてもお話などできません！　どうか……！」

その声にハッと我に返ったアンナリーザは、慌てて立ち去ろうと踵を返す。

だがそのことに祖母がさらに癇癪《かんしゃく》を起こした。

「待て！　逃がすものか！　お前はこの私が縊《くび》り殺してやる！　それが、お前のような悪魔を産んでしまった私にできる、唯一の贖罪《しょくざい》だ！」

そうがなり立てると、祖母は振り回していたステッキをアンナリーザに向かって力任せに投げつけた。

黒い棒が勢い良く自分に飛んでくるのを、アンナリーザは避けることもできず息を呑んだまま見つめていた。

ガン、と鈍い音がして、ステッキがアンナリーザの側頭部を強打する。

その瞬間、痛みと一緒に膨大な量の記憶が、怒濤のように脳の中に流れ込んできた――。

＊＊＊

アンナリーザはソファの上で足をプラプラと揺らしながら、忙しく部屋の掃除をしてくれているメイドに言った。

『ねえ、どうして私はお母様に会えないの？』

するとメイドは面倒くさそうにため息をついて、箒《ほうき》を動かしていた手を止めた。

それも当然だ。アンナリーザがこの質問をするのは、もう十回目くらいになるのだから。

『お嬢様。何度も同じことを言わせないでくださいまし！　奥様はお体が弱くていらっしゃるのです！　元気が有り余っているお嬢様がいたら、ご静養にならないでしょう？』

『だって！　それならこの前までお母様の離れに通っていた歌手の男の人や、今滞在している旅の芸人たちはどうなるの？　あの人たち、私よりずっと元気だし、騒がしいと思うわ！』

アンナリーザの反論に、メイドはうんざりした顔になった。

『ですから、奥様のご病気がお嬢様にうつらないようにってことでしょう！　ほらほら、ここは掃除をするんですから、お嬢様は外で遊んでいらしてください！』

メイドはぞんざいに言いながら、アンナリーザをまるで犬か何かのように追い立てて、部屋から出してしまった。

『んもう！　なによ、なによ！』

アンナリーザはプン、と頬を膨らませたが、これ以上なにを言っても無駄なことはわかっている。

仕方なくいつものように庭へ向かって歩き出した。家庭教師をつけてもらっていないアンナリーザは、この家の中で特にすることはない。いつも暇を持て余しているのだが、天気の良い日は大抵庭で過ごすのだ。と言っても、庭でも樫《かし》の木に登ったり、植えてある花を眺めたりする程度なのだが、それでもたまに猫が迷い込むことがある。どこかで飼われている猫なのか人懐っこく、アンナリーザにも撫でさせてくれるのだ。

（そうだ。猫ちゃんが来ていた時のために、何か餌を持っていこう！）

　この間は持っていたビスケットのかけらをあげたら食べてくれた。まだおやつの時間ではないけれど、厨房に行けば何か分けてもらえるかもしれない。

　そう思いながら階段に差し掛かった時、父の部屋のドアが開いて大柄な髭面が見えた。

『えっ？　お父様？』

　出てきた強面の男性は、アンナリーザの父親、ピエルジャコモだった。彼は娘の声に気づくと、ドアを閉めた後、笑顔になって腕を広げて言った。

『おお、アンナリーザ、おいで！』

『お父様！』

　アンナリーザは嬉しくて転がるように父のもとへ駆けた。

『おかえりなさい、お父様』

『ああ、ただいま。アンナリーザ』

　父はしゃがんでアンナリーザを抱擁すると、にっこりと笑った。

『大きくなったな』

『そうかしら？　たった二ヶ月でそんなに大きくはならないんじゃないかしら』

　アンナリーザが口を尖らせて言うと、父は驚いたように目を丸くした。

『そんなに経っていたか？』

父と会うのは絶対に二ヶ月ぶりだ。アンナリーザは毎日数えているのだから間違いない。

『そうよ！　お父様がお家にいるなんて久しぶりね！　今日は一緒にいてくださるの⁉』

父はこの国の将軍様で、いつもどこかへ戦いに行っていてほとんど家に帰って来ない。勢い込んで訊ねると、父は申し訳なさそうにふさふさした眉毛を下げた。

『すまないな、アンナリーザ。またすぐに出なければならないんだ』

『……そう』

それもいつものことだったが、今日こそ父と遊んでもらえると期待してしまったため、やはりガッカリしてしまう。

しょんぼりするアンナリーザに、父は顔中にキスをして「すまんな、可愛いアンナリーザ」と謝ってくる。父のことは大好きだが、このキスはあまり好きじゃない。アンナリーザは手を突っ張って父の顔を引き剝がすと、じろりと父を睨《にら》む。

『お髭、モジャモジャで痛いからいやって言ったでしょ』

『おお、すまん』

父は全く悪びれない顔で謝った後、アンナリーザに「そうだ」と階段の下を指さした。

『お土産をたくさん買ってきたぞ。ドレスに、宝石……お前に似合いそうだと思ったものだ』

『本当？　うわぁい！』

アンナリーザははしゃいでみせたが、本当はそれほど嬉しくはなかった。父はどこかから帰ってくるたびに、いつも山ほどのドレスや宝石をアンナリーザと妻に買ってくる。アンナリーザの部屋のクローゼットは服でパンパンだし、宝石箱にももう入り切らない。そもそも、母と違ってアンナリーザは服にも宝石にもあまり興味はない。

だがそれでも、自分が喜んでみせれば、父は嬉しそうに笑うのだ。

父のその顔が見たくて、アンナリーザはいつも大袈裟なくらいに喜んでしまう。

今も父の前で買ってもらったドレスを当てて「どう？　似合うかな？」と母の真似をしてみたりしている。父は嬉しそうに目尻を下げて「おお、似合う似合う！」と手を叩いて喜んでくれていて、これで良かったのだ、と心の中でホッとした。

本当はドレスや宝石よりも、父がもっと一緒にいてくれることの方がずっと嬉しい。たくさん使用人はいるけれど、誰もアンナリーザの話し相手にはなってくれない。アンナリーザは誰かとおしゃべりがしたいだけなのに、いつも邪魔者扱いで、あっちへ行けと言われてしまう。このお屋敷にはたくさん人がいるけれど、アンナリーザはいつもひとりぼっちなのだ。

（もっと一緒にいてって、言ってみようかな……）

父の笑顔を見ながら、アンナリーザは心の中で思ってみたりもする。だが、そのお願いが父を困らせることも知っている。だから結局はそれを言わずに、父の前ではしゃいだふりをしてしまうのだ。

『ああ、アンナリーザは美しくなったなぁ。お前の母にそっくりだ』

父はアンナリーザに新しい服を与えた後、決まり文句のようにそう言う。

『本当？　じゃあ私もお母様みたいな美人になれる？』

『なれるとも！　お前はデアよりも美しくなる！　ああ、お前が大人の女性になる日が待ち遠しいよ』

父がうっとりとした表情でこちらを見つめてくるので、アンナリーザは少し居心地が悪くなった。

（早く大人に……か……）

アンナリーザは大人になんかなりたくなかった。この国では貴族の女性は大人になったら、貴族の男性に嫁がなくてはならない。それが女性が生きていく唯一の方法で、夫となった男性に尽くすのが女性の幸せなのだと教わった。

だがアンナリーザは夫に尽くすよりも、もっとやってみたいことがある。

本を読んでみたいし、絵を描いてもみたい。母の所に来ていた声楽家のように歌を歌ってみたいし、今いる旅芸人たちのようにいろんな場所を旅してみたい。なにより、外に出てみたかった。アンナリーザは生まれてから一度も、この屋敷の外に出たことがないのだ。

『……どうした？　アンナリーザ』

物思いに耽っていたことが伝わったらしく、心配そうに父が顔を覗き込んでくる。

アンナリーザは慌てて首を横に振り、笑顔を作った。

『なんでもない。ただ、お母様に会いたいなって思ったの』

母もアンナリーザ同様に屋敷から出ないが、それは体が弱いからだ。屋敷の敷地内に建てられた離れで暮らしていて、娘であるアンナリーザも滅多に会うことができない。

すると父は母のいる離れの方角にスッと目を眇め、やれやれとため息をついた。

『お前の母は、体が弱いんだよ』

そのセリフが、まるで聞き分けのない子どもだと言われているようで、アンナリーザは慌てて下を向いた。ブワッと何かの感情が込み上げてきて、眦が熱くなってしまったのを見られたくなかった。

『……そうね。ワガママを言ってごめんなさい』

『すまないな。デアが元気になったら必ず会えるから』

『うん。わかっているわ、お父様』

アンナリーザは精一杯の笑顔を作ると、父に向かってそう言ったのだった。

アンナリーザは両親が大好きだし、彼らも娘である自分を愛してくれている。

それなのに、どうして今こんなにも寂しいと感じてしまうのだろうか。

（……それは、私が欲張りだからよ。お父様もお母様も、仕方のない理由で会えないだけなの。それを理解しているくせに、もっと会いたいと思うのは、ワガママな子どもの考え方だもの……）

樫の木の枝の上で、アンナリーザはズズッと洟を啜った。

泣きたい時は、アンナリーザはこの樫の木に登る。ここなら、アンナリーザは思い切り泣けるからだ。

アンナリーザが泣くと、皆明らかに面倒臭そうな顔になる。その顔を見ると、余計に心がヒヤッとして悲しくなって、また涙が出てくるという悪循環に陥ってしまう。だから泣く時は、誰にも見つからない場所でと決めているのだ。

それなのに——。

『——そこにいるのは誰？　泣いているの？』

樫の木の下から、声がかかった。

誰もいないと思っていたが、アンナリーザはビクッと体を震わせ、その拍子にバランスを崩す。

（——落ちるっ！）

ふわりとした浮遊感の後、グンと体が地面に引き寄せられるのを感じてアンナリーザはギュッと目を瞑った。

『きゃぁああっ……って、え？』

恐怖から大声で叫んだものの、どさっと何かに受け止められる感触がして目を開く。

するとそこには、目を見張るような美貌があった。

（――えっ？　えええぇ!?）

滑らかな白磁のような肌に、スッと通った高い鼻、唇は果実のように潤んでいて、青い瞳はまるで夏の空のような鮮やかな色をしていて……これまで見た誰よりも美しい顔が、そこにあった。

『な、なんてきれいなの……！』

母も美しいと言われるが、この人はそれ以上だった。

アンナリーザは自分の状況を忘れて、目の前の美貌を食い入るように見入った。

あまりにも美しいので女性かと思ったが、どうやら男性のようだ。十一歳のアンナリーザよりも年上だが、まだ大人とは言えない年頃の少年だ。スラリと手脚が長く、まるでしなやかな野生の小鹿のような瑞々しさがある。艶やかな黒髪は長く、後ろで一括りにしているのも、エキゾチックな感じがして彼の雰囲気によく似合っている。

『あなたは誰？』

夢見心地でそう訊ねると、少年は呆れたように笑った。

『……僕はカートだ。君はこのお屋敷のお嬢様だね、木の上のお転婆さん』

木の上、と言われて、アンナリーザは自分がどんな状況だったかを思い出し、木の上とカートを交互に見た。なんとアンナリーザはカートの腕に抱かれている。どうやら木から落ちたアンナリーザを彼が受け止めてくれたらしい。

『私を助けてくれたのね！　ありがとう、カート！　私はアンナリーザよ！』

慌てて礼を言うと、彼は笑ってアンナリーザを降ろしてくれた。

地に降りてみると、彼はアンナリーザよりもずっと背が高い。首を反らすようにしながら、アンナリーザは彼の顔を一生懸命見た。こんな美しい顔はもう二度と見られないかもしれない。じっくり見ておかなくては。

『カートはなにをしている人？　どうしてここにいるの？』

矢継ぎ早の質問に、少年はプッと噴き出したものの、ちゃんと答えてくれる。

『僕は、このお屋敷の奥様からご招待を受けてここに逗留《とうりゅう》している旅の一座の者だよ』

『ああ、お母様をお慰《なぐさ》めしている人ね！』

アンナリーザがポンと手を叩いて言うと、彼はちょっとギョッとした表情をした。

『君は……母君があそこでなにをしているか知っているの？』

『もちろん、知っているわ。お母様はお体が弱いから、ずっとベッドを離れられないの。だから声楽家に歌を歌ってもらったり、お芝居とかを見たりして、少しでも病んだお心を慰めておられるのよ』

人差し指を立てて説明すると、彼はなぜかホッとしたように肩を下ろした。

『あなた、一座の人だというなら、お母様にお会いしたのでしょう？　お母様のご様子はどうだった？　少しはお元気になられたのかしら？』

母の住まう別館の中に入れないアンナリーザは、母が無事なのかどうかも知り得ないのだ。

だから質問したのだが、彼は困ったように「ごめん」と謝った。

『僕もあの別館には入れていないんだ。僕はまだ子どもで一人前ではないから、芝居には出られないんだよ』

『まあ、そうなの……』

アンナリーザはがっかりして俯いた。

母と会えたのはどれくらい前だろうか。ごく稀に、体調の良い日にだけ母屋を訪れてくれることもあるが、それも数ヶ月に一度くらいだ。

しょんぼりとしかけたが、いつものことだ。アンナリーザはサッと気持ちを切り替えると、少年に向き直った。

『お母様がどうしていらっしゃるか知りたかったけれど、知らないなら仕方ないわ。ねえ、お芝居に出られないなら、あなたずっと暇なんじゃない？　良かったら私と遊んでくれない？』

アンナリーザの提案に、少年はキョトンとした顔になる。

『ええと……、暇ってわけじゃないんだけどな……』

『……だめ？　このお屋敷には、私と遊んでくれる人は誰もいないの。たまに遊んでくれる猫がいるけど、今日は来ていないし……』

『猫……』

『野良猫なんだけど、私は黒《ネロ》って名付けたわ！　黒猫だからなんだけど』

『そのまんまだな！』

何がおかしかったのか、少年はまたプッと噴き出して笑った後、アンナリーザの手を取った。

『よし、じゃあ一緒に遊ぼうか』

アンナリーザは遊んでもらえるとわかって、パアッと顔を輝かせる。

『いいの!?　本当に、本当に、私と遊んでくれるの!?』

『君、自分から言っておいて、そんなに驚くの？　面白い子だなぁ。もちろんだよ。一緒に遊ぼう。じゃあ、君のことはナリって呼ぶね。アンナリーザの真ん中を取って、ナリ』

『ナ、ナリ……!?』

遊んでくれる上に、愛称まで付けてくれるのか、とアンナリーザは感激で胸がいっぱいになった。

『そう。アンナリーザって長いから呼びにくいし。嫌ならいいけど……』

『い、嫌じゃないわ！　ナリがいい！　素敵！　嬉しいわ！』

　せっかく付けてもらった愛称を取り上げられそうになって、慌ててブンブンと頭を振った。

　そんなアンナリーザの様子に、少年は三度プププーッと噴き出して、声を上げて笑う。

『あははは！　本当に、君、面白いし、可愛いなぁ。さあ、何をして遊ぶ？　ナリ。僕はこのお屋敷に詳しくないから、君が案内してくれる？』

『も、もちろんよ！　任せておいて！』

　──こうして、アンナリーザはカートと出会った。

　カートは優しくて、面白くて、あっという間にアンナリーザを虜《とりこ》にした。

　カートが傍にいてくれると、世界はまるで違うもののように光り輝いて見えた。楽しくて、嬉しくて、毎日が夢のようだった。カートは建物の中を探検するのが好きで、アンナリーザの案内で屋敷の中を色々歩き回った。使用人に見られないように、二人でこっそりと屋敷に忍び込むのは、まるで冒険をしているようにハラハラドキドキして楽しかった。

　カートがくれたミントキャンディは、アンナリーザの宝物になった。ミント味のキャンディは初めて食べたが、スッとする清涼感と砂糖の甘さが混ざった不思議な味で、大好きになった。これを食べるとカートと一緒にいるみたいな気持ちになれるからだろうか。一粒一粒大事に食べていて、もう残りが五粒しかなくなってからは、食べずに我慢して取ってある。なくなってしまうのが怖いのだ。

カートにそう言ったら、彼は大笑いして、「また買ってきてあげるよ」と言ってくれた。

（カート、大好き……！）

一緒にいられて嬉しい。彼の顔を見るだけで、胸が風船のように膨らむような気がする。世界はふわふわ、キラキラしていて、幸せで仕方なかった。

これが恋だと、アンナリーザは子どもだけれど、もうわかっていた。恋をするのは初めてだし、これほどまでに誰かを好きになったのも、生まれて初めてだ。父よりも、母よりも、今はカートのことが好きだとさえ思う。

（ああ、カートも同じ気持ちだったらいいのに！）

恋する乙女のアンナリーザは、当たり前のようにそんなことを願った。

カートも自分のことを好きでいてくれますように。

彼も、自分に恋をしてくれていますように。

だってこんなに毎日一緒にいるのだ。カートだって、嫌な相手と一緒に過ごすわけがない。少しくらいは、アンナリーザを好きだと思ってくれているに違いない。

愚かなことに、アンナリーザはそんなことさえ思っていた。

〝──全くもって、愚かなことに〟


頭の中に響くのは、自分の声だ。少女のものではない、大人になった自分の声。

(──そう。本当に愚かだった)

アンナリーザは目を閉じる。

カートは、アンナリーザに恋などするわけがない。

好きですらなかった。

彼は、目的があってアンナリーザに近づいていたのだ。


〝──全ては、父と母を殺すため〟


酒に泥酔した父が、だらしなくベッドに身を投げるようにして寝そべっている。

まだ早い春の夜は寒くて、火の入った暖炉が煌々と輝いているのを、アンナリーザは隠し扉の隙間から息を殺すようにして見ていた。

今夜はなぜか眠れなかったのでこっそり部屋を抜け出したところ、母が父の部屋に入っていくのが見えた。母の体の具合が良くなったのだと喜んで近づこうとしたが、母の横顔は険しく強張り恐ろしいほどの迫力があって、声をかけられなかった。しばらく母が入っていった扉を眺めていたが、どうしても気になって父の部屋に通じる隠し部屋に忍び込んだのだ。

『さて、義姉上《あねうえ》。……いいや、デア、とお呼びした方がよろしいですか？』

聞き慣れた声が、父の寝室に響く。

アンナリーザと話していた時の優しい声色とは違う、氷のような冷たい声だった。

まるで別人のような話し方を聞いていると、アンナリーザの心にパキパキと音を立てて罅が入っていく。

『キャサリンでいいわ、カーティス。どうせレストニアに戻ればその名を使うことになるでしょう？』

クスクスと笑いながら話すのは、母だ。眠る前だったのか、肌まで透けるナイトドレスを纏っていて、まるで愛の女神アトポロスのように艶かしく、美しかった。

『ええ、そうかもしれません』

そう答えるカートもまた、復讐の女神クロートーのように妖艶で禍々《まがまが》しいほどに美しく、今自分が盗み見ている光景が、まるで神話の中の出来事のように思えてくる。

『最初から、あなたが私の夫になっていれば、あんなことにはならなかったのに……』

忌々しげに言った母に、カートが何かを握らせた。

『ええ、そうでしょうね。だが、あの事件が起きた時、僕はまだ六歳だった。……時間が必要だったのですよ。さあ、僕があなたをレストニアの王妃として迎え入れるためには、すべきことがある。賢いあなたなら――わかりますね？』

まるで呪文を唱える悪い魔女のようにカートが囁くと、母は恍惚《こうこつ》とした表情で頷いて、父のところへ歩いていく。その手には大きなダガーが握られていた。そうしてそのダガーを両手で振り上げると、勢い良く父の心臓に突き立てた。

『――――ッ！』

アンナリーザは衝撃のあまり大声を出しそうになって、自分の口を自分で必死に塞いだ。

父と母が血に染まっていく。何度も何度も心臓を貫かれた父は、噴水のように噴き上がる鮮血の中、四肢をジタバタとさせていたが、やがてパタリと動かなくなった。返り血を全身に浴びた母は、何かに憑《つ》かれたような表情を浮かべてカートの方を振り返った。

だがその瞬間、カートの剣によって首を貫かれていた。

母は長剣が刺さったままの状態で、仰向けに引っ繰り返る。奇しくもそれは父の死体の上で、両親はベッドの上で折り重なるようにして死んだ。

『……やっと、終わった……』

まだドクドクと傷口から血を溢れさせている死体の前でそう呟くと、カートは暖炉の方へ歩いていき、その中からスコップ状になっている火かき棒を使って赤くなっている薪《まき》を取り出した。そしてそれをベッドの上へ無造作に放り投げると、シーツに火がついて燃え始める。

　そこへバタバタと足音が聞こえ、覆面をした男性が数名現れて、カートの前に膝をつく。

『屋敷内の者は全員始末いたしました！』

『ご苦労。こっちも終わった』

　カートが燃え始めたベッドを指して言えば、男性たちはそこに折り重なる夫婦の死体を見て、声を詰まらせた。

『……ッ、ようやく、無念が晴らされましたな……！』

『宿願成就、おめでとうございます、殿下……！』

　泣き声混じりの労りを、カートは首を横に振って一蹴《いっしゅう》した。

『それは後だ。まずはここを離れるぞ。屋敷に油と火をかけて回っている者たちにも伝えろ。退却だ！』

『は！』

　男たちがバタバタと去っていく中、アンナリーザは震えながら隠し扉の裏側で蹲《うずくま》っていた。

　何が起きているのかわからなかった。

　母が父を刺し、カートが母を刺した。大好きな人たちが殺し合いをしてしまった。両親は死に、カートは別人のような顔をして、男の人たちに命令を下していた。

男たちが去った後も、なぜかカートは立ち去ろうとしない。

早く立ち去って、と必死に願った。大好きなカートのはずなのに、恐ろしくて仕方がない。だって彼は、顔色一つ変えずに、母に父を殺させ、母を殺した。今まで自分が知っていた、優しいカートとは別人としか思えない。

(夢だ。これは夢……悪い夢で、目が覚めたら全部なかったことになる……)

アンナリーザは自分の頭を抱えながら、祈るように思った。

だがその内に、ベッドが燃えるバチバチという音が聞こえ始め、煙がこの隠し部屋の中にも入り込んでくる。その煙を吸い込んでしまい、アンナリーザはゴホゴホと咳き込んだ。

しまった、と思ったがすでに遅く、ゆっくりと隠し扉が開かれて、カートが顔を覗かせた。

アンナリーザは「ヒッ」と悲鳴を上げて、尻をへたりと床に付けた。

自分も殺されると思ったからだ。

だがカートは、いつもと同じ優しい顔をしていた。

『ここにいたのか、ナリ。探していたんだよ』

『さ、探してって……』

カートが言いながら手を伸ばしてくるので、アンナリーザはギュッと目を瞑って衝撃に備えた。殴られると思ったのだ。

『……見てしまったんだね』

少し悲しげな優しい声がして、恐る恐る目を開くと、カートの憂いに満ちた微笑みがあった。

『……大丈夫。恐ろしいことは、全部、僕が持っていってあげる』

カートの手が、そっと自分の頬に触れる。その感触が温かくて、アンナリーザは緊張がドッと解けるのを感じた。

『……ほんと?』

涙声でそう訊ねると、カートが額にキスをくれる。

『いい子だね、ナリ。そのまま目を閉じているんだよ』

穏やかな囁き声に導かれるようにして、アンナリーザの世界は暗転した――。

＊＊＊

「――……リ!　ナリ、大丈夫か!　しっかりしろ!」

悲鳴のような叫び声が聞こえて、アンナリーザは意識を取り戻した。

目の前には叫び声の主――最愛の夫の美貌がある。

「ああ、ナリ……良かった……！　君がステッキで殴られて意識を失ったと知って、どうしようかと……！」

アンナリーザの目が開いたことで、目の前のカーティスの表情が安堵に緩んだ。

陶器のような滑らかな肌に、整った目鼻立ち、そして夏の空のように青い瞳――取り戻した記憶の中の『カート』と同じだ。

（ああ……やっぱりあなたは……）

アンナリーザの胸の中に、怒りと悲しみが怒濤のように押し寄せてきた。

悲しい。許せない。苦しい。辛い。

何をどう処理すればいいのかわからないほど、ごちゃ混ぜの感情の嵐の中で、アンナリーザは歯を食いしばって体を起こし、自分を抱えている夫の手を跳ね除けた。

「ナリ……？」

「私に触らないで」

冷たい口調で言うと、アンナリーザは立ち上がって周囲を見回した。

床に転がったままのステッキや、倒れたソファなどが見えたが、車椅子に乗った老婦人もそのメイドも姿を消していた。おそらくカーティスが移動させたのだろう。アンナリーザを残したのは、頭を打っていたから無闇に動かせなかったというところか。

「……ナリ、君は今まで気を失っていたんだ。急に立ち上がっては……」

「放っておいて」

寄り添おうとするのを再び手で突っぱねると、カーティスは怪訝な表情になった。

「ナリ？」

「あなたはどうしてここへ？」

アンナリーザは彼の方を見ないまま訊いた。今彼の顔を見たら、泣いてしまうのはわかっていた。

カーティスは不審に思っているのだろうが、ひとまずアンナリーザの質問に答えてくれる。

「……君がいないことに気がついたフィオレが、私に知らせてくれたんだ。……先日、ジョシュアとアルマベール夫人との会話についても、話を聞いた。それで……」

ああ、しまったな、とアンナリーザは苦笑する。ここに来ることをフィオレに言わずにいたのを後悔していた。アンナリーザが行方不明になれば、フィオレなら心配のあまり秘密を喋ってしまうだろうと予想すべきだったのに。

「私がカーライル家との縁について知ってしまったと予想して、ここへやって来たのね？」

「……そうだ」

「ふふ、せっかくあなたが箝口令を布いてまで、隠そうとしていたのにね……」

皮肉っぽい口調になったのは、カーティスが本当に隠そうとしていたことがなんなのか、わかってしまったからだ。

アンナリーザの様子がおかしいことに耐えられなくなったのか、カーティスが宥めようとするような口調になる。

「ナリ、一体どうしたんだ？　あの老婆に何を言われた？」

その口調が無性に気に食わなくて、アンナリーザはハッと嘲笑する。

(機嫌が悪くなっていても、宥めればいい？　そうでしょうね。あなたには、私をコントロールすることなど、さぞや簡単だったでしょう！　ちょっと優しくすればすぐに懐く、愛に飢えた愚かな子どもだったもの、私は……！)

「……お祖母様は何も。私が思い出しただけよ」

アンナリーザはそう言うと、カーティスに向き直って彼の顔を睨《ね》め付けた。

さすがにカーティスには伝わったようで、彼は愕然とした顔をしていた。

「……思い出した、だと……？」

「そうよ。全て思い出したわ。あなたが思い出してほしくないことも、全てね！」

叫ぶように言った声には、涙が絡んだ。

怒りと、悲しみと、悔しさに胸が千切れそうだった。

(でも、この人の前では泣きたくない……！)

自分の幼い恋心を利用して情報を引き出し、父と母を殺した、この男にだけは。

アンナリーザは涙が溢れる前に踵を返し、その場から離れようとしたが、その腕をカーティスが摑んだ。

「待ってくれ、ナリ！」

「私に触らないでと言っているでしょう！　この裏切り者！」

カーティスに触れられた瞬間、アンナリーザの怒りが爆発する。

涙が堰《せき》を切って溢れ出したが、もう構わない。嵐のような感情に支配されて、目の前が真っ赤になった。この怒りを、悲しみを、吐き出さずにはいられなかった。

「あなたが殺したのよ！　お父様を！　お母様を！　あなたはお母様をけしかけて、お父様を殺させていた！　そしてお母様を刺し殺した！　屋敷に火をつけて、全ての証拠を隠した！　あなたが全部やったのよ！　私を騙し、手懐けて……孤独な子どもを騙して情報を引き出すのは、さぞかし簡単だったでしょう？　騙されているとも知らずにあなたに恋をする子どもは、さぞかし滑稽だったでしょうね？　卑怯者！　あなたは狡猾《こうかつ》で、傲慢で、どうしようもない悪党よ！　どうして、どうして……っ！」

出会わなければ良かった。忘れたままでいれば良かった。そうすれば、こんなに苦しむことはなかったのに。

泣き叫びその場に崩れ落ちるアンナリーザを、カーティスがそっと抱き締めた。

アンナリーザは触らないでというように体を揺すったが、彼はそれを無視して抱き締め

続ける。

そうしてただ一言、「すまない」とだけ言ったのだった。

第五章

　カーライル家から戻って来て二週間が経過した。

　幸いにして、アンナリーザがいなくなっていたことに気づいていたのはフィオレとジョシュアとアルマベール夫人の三人だけで、騒ぎにはなっていなかった。

　だが相当心配させてしまったのか、フィオレには泣いて怒られてしまった。

　ジョシュアには「今後どこかへ行きたい場合、どうか自分だけはお連れください。たとえ陛下から罰されようとも、自分は王妃様のご意思に従いますので……！」と涙を浮かべて懇願された。

　どうやらあの忠誠宣誓は伊達《だて》ではなかったようだ。

　アルマベール夫人はいつもの無表情のままだったが、「ご無事でなによりでございました」とだけ淡々と言われた。相変わらずクールな女性である。

　これまで失っていた全ての記憶を取り戻したアンナリーザは、カーティスを遠ざけるようになった。

とはいえ、半分はこれまで通りの生活だ。寝室以外では、カーティスとアンナリーザは不仲を演じていたのだから、それが本当になっただけの話だ。

夜は寝室へ行くのを拒み、自室のソファで眠っていたのだが、その翌日、カーティスから「私が別室で休むので、君は寝室で眠るように」と伝言が届いた。アンナリーザとしては情けをかけられたようでいい気持ちはしなかったが、ソファはあまり寝心地が良くなかったので、ありがたく寝室のベッドを使わせてもらうことにした。

国王夫妻がとうとう寝室を別にしたという噂はあっという間に王宮内に広まったが、それもどうでもいい。唯一、カーティスとアンナリーザが実は不仲ではないと知っていたフィオレは、主夫妻の関係に亀裂が生じたことを心配しているようで、物言いたげな視線を感じるが、アンナリーザは見て見ぬふりをしていた。

何も聞きたくないし、見たくない。もう何もかもがどうでも良かった。

（……何が、二国の架け橋になる、よ。父親は仇敵、母親は裏切り者の売国奴という立場の娘が、架け橋になどなれるわけがないではないの。この国中の恨みを背負うことになるというのに……。ああ、生贄という意味ではペトラルカのためになるかもしれないわね。レストニアの民に私を嬲り殺しにさせれば、多少恨みも晴れるでしょうし……）

この国で自分の居場所を作ろうなど、土台無理な話だったのだ。

そんな皮肉な考えばかりが頭の中を巡っては消えていく。

目を閉じれば、浮かんでくるのは忌々しいことに、カーティスの笑顔だ。

カーティスに確認はしていないが、当時母のために屋敷内に逗留していた旅芸人の一座は、おそらくカーティス率いるレストニア兵たちだったのだろう。仇である父と、裏切り者である母へ復讐するために潜り込んでいたのだ。

そしてその娘であるアンナリーザから、遊びと称して建物内部の構造や隠し部屋の場所を訊き出した。

全ては綿密に立てられた計画で、アンナリーザはまんまと両親を殺すための計画の片棒を担がされていたということだ。

（……この国の人たちには、確かに憎い仇かもしれない。でも、私にとっては大好きなお父様とお母様だったのよ……）

記憶を取り戻してから両親を慕うあの頃の気持ちが蘇ってきて、アンナリーザは涙を流した。

なかなか会うことができない人たちだったけれど、それでも娘である自分を愛してくれていた。父はたくさんの贈り物をしてくれたし、母はいつだって優しかった。いつだって会いたくて、会えたら嬉しくて堪らない、アンナリーザの唯一の父と母だったのだ。

（……でもカーティスは、私のお父様とお母様に自分の家族を殺された……）

今自分が抱いているこの火のような怒りと憎しみを、彼もまた二十年前に味わったのだろう。そして復讐を誓い、その十二年後にそれを果たした。

カーティスにとってみれば、アンナリーザの両親を殺したことは正義であり、大儀だ。何を正義とするかは人によって異なる。カーティスにとっての正義が、アンナリーザにとっての正義ではなかった。それだけだ。

（……わかっているわ。そんなこと、わかっている……！）

父であるピエルジャコモがしたことも、母であるキャサリンがしたことも、この国にとっては大罪で悪だ。戦争だから人が死ぬのは仕方ないとは思わない。人を殺すことはいつだって大罪だ。そうでなくては、穏やかで幸福な世界などあり得ない。父と母がやったことは、アンナリーザにとっても罪に他ならない。

復讐は連鎖する。復讐は新たな復讐を呼ぶ。実際に、過去の記憶を取り戻した時、アンナリーザの中に怒りと恨みが膨れ上がり、カーティスへ復讐したいという気持ちが湧き起こった。

（――でも、それでは同じだもの……）

思い留まることができたのは、今感じている怒りをカーティス自身も味わっているからこそ、こんなことになったのだという事実が、身に染みて理解できたからだ。カーティスの復讐の結果が、今の自分だ。アンナリーザが怒りのままにカーティスに復讐すれば、今度はカーティスを慕う人々からアンナリーザが復讐されることになるだろう。

これ以上同じような苦しみを味わう人を出したくはないと思う。

復讐はどこかで止めなくてはいけない。

（それならば、それを私が担うわ。負の連鎖は、私で終わらせる）

そう決意したから、カーティスへの復讐はやめた。

だが、だからといって、彼への怒りが収まったわけではない。

（……だって、なによりも許せなかったのは、カートが私を騙して利用したことなのだもの……！）

両親を殺された恨みよりもアンナリーザを打ちのめしたのは、恋した人が自分を利用するために近づいてきたという事実だった。あれほど優しかったのも、アンナリーザの遊びに付き合ってくれたのも、全て父と母を殺すためだったのだ。そう思うと、情けなさと悔しさ、そして悲しみでどうにかなりそうだった。

（私は、カートが好きだった。彼に恋をしてしまっていたから、裏切りがとても辛かった……）

そして夫婦となって、彼を愛してしまった。

居場所になってくれると言った彼を、信じてしまった。

彼の温かさを愛しいと思ってしまった。

愛してしまったからこそ、カーティスを許せない。……今はまだ。

恋をしていた。愛している。その恋愛の情の前には、彼に対する信頼があった。彼をもう一度信頼できるかと問われたら、今はできない、と言うしかない。

だがこのままでいいわけがないことくらい、アンナリーザにもわかっている。

(――私たちは夫婦であり続けなくてはならないのだから……)

これが政略結婚である以上、離婚はできない。そしてカーティスが一夫一妻制を厳しく布いているレストニアの王である以上、二人の間には子どもが必要だ。

こんな気持ちのままで彼に抱かれると思うと、頭がおかしくなりそうだ。

(なんとかしなくてはいけないのよ。そして、それは主に私の心情だということも、わかっている……)

わかっているが、感情が追いつかない。

この全ての懊悩《おうのう》が、記憶を取り戻してしまったがゆえだと思うと、記憶を取り戻したいと願っていた過去の自分を叱り飛ばしたくなった。

(記憶など、取り戻さなければ良かった……! そうすれば私は、なんの枷《かせ》もなく、葛藤もなく、盲目的に彼を愛することができていたでしょうに……)

それが虚しいことだとわかっている。

だが、記憶を取り戻す前までは、彼の傍で生きることを幸せだと思っていた。彼の傍が、自分の居場所だと思えていたのだ。

「ああ、本当に、どうしたらいいのかしら……」

アンナリーザの独り言は、広い寝室の天井の空気を静かに震わせ、やがて虚しく消えていった。

＊＊＊

アンナリーザが自室から出ようとすると、用事から戻ってきたフィオレが目敏《めざと》く気づいて声をかけてきた。

「アンナリーザ様、どちらへ行かれるのですか？」

単身でこっそりと城を抜け出して以来、フィオレの監視は徹底している。

アンナリーザがどこかへ行こうとすれば、すぐさま気づいて傍にピッタリと貼り付いてくるのだ。

（よほど心配させてしまったみたいね……）

自分が悪いのだから仕方ない、と苦笑しながら、アンナリーザは腹心の侍女に答えた。

「礼拝堂よ。いつもの授業と、お祈り」

最近アンナリーザは、城内にある礼拝堂へ通っていた。

レストニアに嫁いだことで、ヨセフ教に改宗したことになっているアンナリーザは、城内の礼拝堂に常在している司教にヨセフ教の教義を学びにいっているのだ。

教祖が存在せず、自然物や自然現象を神格化した多数の神々を崇拝するため、その信仰のあり方は個人や地域で異なるという多様性を許すミーレ教とは違い、唯一無二の神ソランを信じ、教祖であり預言者であるヨセフが作った厳格な戒律を重んじるヨセフ教は、アンナリーザにとって馴染みのないものであると同時に、非常に興味が唆《そそ》られるものでもあった。

神という存在を信じるかどうかは別として、その教義の内容は神の教えを忠実に守るという点で一貫しており、その教義によって世界を作り上げていく方法が、破綻なく論理的に纏められている。それが正しいかどうかは脇においても、面白い考え方だなと思った。

なにより、司教による授業を聞いている時には、他のことを考えなくて済む。

カーティスとの関係をどうするのか――ひいては、カーティスを許すことができるのかどうか。

アンナリーザを苦しめるこの問題に、向き合わなくて済むのだ。

逃げだとわかっている。だがその問題に答えを出すことができないでいる今、気晴らしが必要なのだ。

アンナリーザの答えに、フィオレは手に持っていた白磁の水差しをサッと置くと、キリッとした顔で言った。

「わかりました。私もご一緒いたします」

「……いいのよ、お仕事があるんでしょう？　元々ジョシュア卿に付いてきてもらうつもりで、探そうとしていたのよ」

王妃だというのにアンナリーザ付きの女官は、実質、フィオレとアルマベール夫人の二人だけだ。他の女官たちの中にも、少しずつ手伝ってくれたりする者は現れているようだが、それでも半分にも満たない。つまりアンナリーザの世話のほとんどをこの二人が担ってくれているため、フィオレとアルマベール夫人は毎日大忙しなのだ。

ただでさえ忙しいフィオレの時間を割きたくなくて言ったのだが、フィオレはキッパリと首を横に振った。

「ジョシュア卿は、先ほど国王陛下からお呼びがかかって持ち場を離れておられます。彼から〝王妃様から決して目を離すな〟と言われております」

「そ、そう……」

決して目を離すな、だなんて、まるで歩き始めた子どもみたいに言わないでほしい。

少々心外ではあったものの、誰にも言わずに城を抜け出した前科があるので何も言えなかった。

「じゃあ、お願いしようかしら。司教様との約束の時間が、もう過ぎてしまいそうだから……」

礼拝堂へ向かおうと思ったらジョシュアが見当たらなくて、困っていたのだ。

「はい！」

アンナリーザはフィオレを伴い、城の東の庭の奥に建てられた小さな礼拝堂へと向かった。

途中、王宮で働く多くの人々とすれ違ったが、アンナリーザに形だけの礼をしてみせる者もいれば、見えなかったように無視する者もいる。中にはこれみよがしな嘲笑をする者もいて、フィオレが毛を逆立てた猫のようになっていたが、アンナリーザは苦笑してそれを宥めた。

「ですが、アンナリーザ様……」

「いいのよ。彼らには、彼らの正義があるのですもの」

正義というものは人によって異なる。それを押し付け合った結果生じる極論が、戦争と言っても過言ではない。争いを避けるためには、自らの正義を他者に押し付けないことが肝要なのだ。

アンナリーザの立場で、彼ら側の正義を無理に変えようとしたところで、変わらないどころか頑なになるだけなのは、もう理解できる。両親を殺された記憶を取り戻してからは、その気持ちは否が応でも理解せざるを得なかった。

父は王族鏖殺《おうさつ》の極悪人だし、母は売国奴――そんな奴に正義なんぞあるかと、この国の人間は言うのだろう。だがある。両親が大罪を犯したからといって、アンナリーザが正義を胸に抱く権利がないわけではない。

つまりアンナリーザは自分の正義を手放すつもりはないのだ。

(私の正義は……自分には罪はないのだと言い続けること。それが、この国の人々が乗り越えるべき最初の一歩だと信じるから)

憎しみの連鎖を断ち切ること。そうでなければ、また同じことの繰り返しだ。

きっと誰もそんなことは望んでいない。本当は誰かを殺したいとか、傷つけたいだなんて、思っていない。みんな、穏やかで平和な暮らしを望んでいるはずなのだ。

だからこそ、レストニアの憎悪を、自分が終わらせる。

それは、最も重い罪を犯した者を両親に持つアンナリーザだからこそできることだ。

異なる正義を共存させたいなら、ただ見守るしかないだろう。アンナリーザにできるのは、彼らに何も押し付けず、自分なりの正義を一つずつこなしていくことだけだ。

「人が変えられるのは、自分だけよ、フィオレ。他人を変える力なんてないの」

それは、この国に嫁ぐことになってからずっと、正義について考え続けてきたアンナリーザが辿り着いた、一つの答えだ。

アンナリーザは、この国の人々を変えようとするのではなく、自分が変わることで、自分の正義を貫かなくてはならないのだ。

静かに笑うアンナリーザに、フィオレが戸惑った顔になった。

「……アンナリーザ様は、少し、お変わりになられましたね……」

その反応に、アンナリーザは少しだけ物悲しさを覚える。

あの苦しく恐ろしい記憶を取り戻したのだから、これまでと変わっていても当然だろう。

「そう？　良い方に変わったのならいいのだけど」

「なんだか、急に大人っぽくおなりですわ……」

「あら。ふふ……じゃあ良い方に変わったのね！　嬉しいわ！」

そんな軽口を叩いていると、やがて礼拝堂が見えてきた。

「ああ、司教様がお待ちになっているだろうから、急がなくちゃ……」

アンナリーザがそう呟いた時、「おーい」と呼び声が聞こえた。

自分たちにではないと思った二人はそのまま歩き続けたが、やがて呼び声の主であろう若い文官の男がこちらに小走りで駆けてきた。

嫌われ者のアンナリーザに声をかける者はこの王宮ではほとんどいないので、二人は顔を見合わせながら立ち止まる。フィオレは警戒しているのか、アンナリーザを背に庇うようにして男と対峙した。

「何かご用ですか？」

「君、王妃付きの女官のフィオレだろう？」

「そうですが……」

「アルマベール夫人が探しているんだ。君を連れて来てほしいって頼まれちゃってさ……。一緒に来てくれる？」

「アルマベール夫人が？」

頭を掻きながら言う文官に、フィオレが困ったように顔を曇らせる。

アンナリーザに付き添っていなくてはならないけれど、アルマベール夫人が探しているなら行ってあげたい、という表情だ。

なにしろ、フィオレにとってもアルマベール夫人は、この王宮で唯一の味方と言っていい。お互いに助け合いながら日々の仕事を熟《こな》していることは、アンナリーザも知っている。きっと二人の間には信頼関係もできているのだろう。

「いいわよ、フィオレ。そちらへ行ってあげて」

「ですが、アンナリーザ様……」

フィオレが名を出すと、文官がギョッとした顔になって慌てて膝を折った。

「も、申し訳ございません！　王妃様がご一緒とは思わず……！」

なるほど、この男はアンナリーザを無視したのではなく、フィオレの隣に立っているのが王妃だとは思っていなかったらしい。

（……確かに、王妃らしからぬ地味なドレスではあるけれど……）

いろんな意味で有名なアンナリーザの顔も覚えていないとなれば、よほどの粗忽者《そこつもの》か、まだ出仕して間もないせいでアンナリーザを見たことがなかった者かのどちらかだ。

（ずいぶん若そうだから、多分後者ね）

アンナリーザは改めて文官の顔を眺めた。

そばかすの浮いた顔にはまだあどけなさがあり、十代かそこらに見える。子どもに毛が生えた程度の年齢だが、貴族の次男、三男は爵位や領地の相続権がないため、十代から王宮で働き出すのは珍しいことではないそうだ。

（十代ならば、二十年前のレストニアの滅亡を知らないのでしょうね）

国民から敬愛されていた国王一家を虐殺された民の怨嗟を知らないその眼差しには、アンナリーザへの嫌悪も憎悪も感じられなかった。

「いいのよ、気にしないで」

アンナリーザがにこりと微笑むと、文官は頬をポッと赤らめた。そんな世慣れていない反応が、魑魅魍魎が跋扈するこの王宮では珍しく、アンナリーザの胸にちらりと憐憫《れんびん》がよぎった。こんな純粋な子どもが、謀略や奸計《かんけい》が蔓延《はびこ》る中にいるのかと思うと、可哀想だなと思ってしまう。

だが人間は誰しも大人になるものだ。純粋なまま生きていける人間などほとんどいないのだから。

（……そうね。私もそうだったように）

知らないままが良かったと、何度も思った。あの恐ろしい記憶など取り戻さなければ、何も知らないままでいれば、なんの枷もなくカーティスを愛し続けることができたのに、と。

だが、記憶を失ったからといって、事実がなくなるわけではない。

カーティスと自分との間には、どうしようもないほど深く恐ろしい罪が横たわっている。そのことをなかったことにして築いた関係など、ただのまやかしでしかない。砂の上に築いた城は、少しの衝撃で脆《もろ》く崩れ落ちるものなのだから。

（……記憶を失ったままで良かったなんて、愚かだったわ。私は全てを知った上で、この国の王妃として立たねばならないのだから）

両親の罪も、夫の罪も、アンナリーザは呑み込まなくてはならない。

このレストニアから、憎悪と復讐の連鎖を消すこと。それがアンナリーザの考える正義で、それを貫こうというのならば、逃げている場合ではないのだ。

アンナリーザは背筋を伸ばす。

(――覚悟を決めたわ、カーティス)

ここにいない夫に向けて、心の中で言った。

(私は、このレストニアの王カーティスの妃。その立場から逃げず、己の正義を貫くと決めた以上、私はあなたを許すわ)

そう思った瞬間、憑き物が落ちたように心が晴れやかになった。

本当は、ずっとカーティスを許してしまいたいと思っていた。だが両親を殺されてしまった怒りや、騙されていたことへの悔しさ、過去の恋心を裏切られたことへの悲しみが、そうさせてはくれなかった。

その怒りも、悔しさも、悲しみも、根源は一つの感情だったのに。

――愛しているからだ。カーティスを愛しているからこそ、彼の嘘や裏切りを許せなかった。

カーティスへの感情だけでこの先どう生きていくかを決められる立場だったなら、もしかしたら違う選択肢を選んだのだろうか、と一瞬考えてみる。

(……いいえ、同じね)

この立場からたとえ逃げられたとしても、アンナリーザは逃げようとは思わなかっただろう。

(だってそれは、カーティスを置いて逃げることになるもの)

深い怨嗟がこびりついたこの国を、彼だけに背負わせて逃げるなんて、絶対にしたくない。

なぜなら、彼を愛しているから。彼の背負うものを、共に担いたい。

(……結局、どんな道を通ったって、私の出す結論は同じだわ)

散々悩み苦しんだけれど、辿り着いてしまえば実に明白だ。

アンナリーザは微笑みを浮かべて文官を見た。

「フィオレを夫人のもとへ届けてちょうだいね」

「アンナリーザ様、ですが……」

慌てたように反論するフィオレに、アンナリーザは礼拝堂を指す。

「心配しなくても、礼拝堂はすぐそこよ。この間みたいに逃げ出したりしないから、安心してちょうだい。帰りはあなたが迎えに来てくれるまで、司教様とお話しして待っているから」

そう説得すると、フィオレは「それなら……」と頷いて文官と共に去っていった。

チラチラとこちらを振り返るフィオレを見送りながら、アンナリーザはやれやれと肩を竦めて礼拝堂へ向かった。

(フィオレったら、ほんの十数歩の距離だっていうのに、あんなに心配して……)

ちょっと過保護になりすぎているのではないだろうか、と苦笑している間に、礼拝堂の入り口に到着する。遠くから見ると小さな礼拝堂だが、近くで見るとそれなりの大きさがある建物だ。

神に祈りを捧げる場所だから、やはり重厚な造りである必要があるのかもしれない。

重たい木の扉を押し開くと、ヒンヤリとした空気が頬を撫でる。少しの黴《かび》臭さと、香木の焦げた匂いが微かに鼻腔を擽《くすぐ》った。室内は薄暗かったが、側廊のステンドグラスから色とりどりの陽光が差し込んで、埃がキラキラと光っている。

それをきれいだなと眺めていると、祭壇の前に佇むのが意外な人物であることに気づき、目を瞬いた。

「――アルマベール夫人？」

そこに立っていたのは、アルマベール夫人だった。

アンナリーザは驚いて、夫人のもとへ駆け寄った。

「あなたがどうしてここに？　司教様は？　ああ、それよりも、さっき若い文官があなたに頼まれてフィオレを呼びに来ていたのよ。入れ違いになってしまったのかしら……？」

親しい顔を見つけて笑顔で訊ねると、アルマベール夫人は静かに首を横に振る。

「司教様はいらっしゃいません」

「あら、そうなの？　じゃああなたはその言伝《ことづ》てを頼まれたの？」

司教に急な用事でもできたのだろうか、と思っていると、夫人はもう一度首を振った。

「いいえ。私がお願いして、時間と場所を融通していただいたのです」

「……？　どういうこと？」

意味がわからず眉根を寄せると、アルマベール夫人は無言のまま、スッと両手を自分の胸の前で構えるような体勢を取る。

「──なっ……！」

アンナリーザは息を呑んだ。

夫人が両手で握っているのは、大振りのダガーだった。

刃物がステンドグラスから差し込む光を反射し、ぬらりとした光を放つ。

その生々しさにゾッと背筋を凍らせながら、アンナリーザは夫人の顔を凝視した。

「アルマベール夫人……、これは、どういうこと……？」

ややもすれば震えそうになる喉に、必死に力を込める。

恐ろしさよりも、遣る瀬《やせ》なさと悲しみからの震えだった。

完全に油断していた。まさかアルマベール夫人がこんな凶行に走るだなんて思いもしていなかったのだ。心を許してくれたのだと思っていた。自分の味方になってくれたのだと思っていたのに。

愕然とするアンナリーザを見ても、夫人は無表情を崩さなかった。

鋭い眼差しには憎悪が揺らめき、アンナリーザを射るように睨め付けている。

「いくら神の教えを乞おうと、いくら神に祈ろうと、無駄です。我が国の神は、あなたのような悪党の血が流れる者を許しはしない」

夫人は淡々と言いながら、一歩ずつ近づいてくる。

アンナリーザは近づかれた分だけ後退り、夫人との距離を保った。

どうすればいいのかわからないが、あの刃物で刺されないようにしなくてはならない。

頭の中にこれまでの夫人との思い出が走馬灯《そうまとう》のように巡った。

「……ビスケットとストールをくれたでしょう？　あの時、あなたは私に寄り添ってくれたのだと思った……」

敵ばかりの王宮で、ようやく自分をわかろうとしてくれた、初めての人だった。

あの時渡してくれたビスケットとストールが、どれほど嬉しかったか。

そう思って言ったのに、夫人から返ってきたのは嘲笑だった。

「あのストール！　せっかく目印をつけてやったというのに、あのバカどもがしくじってしまって！」

「目印……？　……あ……！」

そう言えば、ならず者たちに襲撃された時、男の一人が『赤いのを付けているのは無事だ』と叫んではいなかったか。

アンナリーザはザッと青ざめた。

「あなた……あのならず者たちに私を襲わせたのは、あなただったの……!?」

その問いに、夫人は忌々しげにため息をつく。

「あなたを殺せと指示したのに、あのバカどもが欲を出して身代金を要求しようとしたせいで、結局は仕損じてしまった。……最初から、私が手を下すべきだったのです」

なんの躊躇いもなく自分の罪を語る夫人の目には、炯々とした揺らぎのない光がある。

それは自分の正義を信じて疑わない目だ。

彼女は、彼女の正義のためにアンナリーザを殺そうとしている。

（……自分の正義を貫くために、私を油断させるように寄り添ったふりもできた……）

つまり、あのビスケットもストールも、甲斐甲斐しく世話を焼いてくれた優しさも、全部嘘だったということだ。

その事実に改めてゾッとしつつも、アンナリーザはごくりと唾を呑んだ。

（この人は、私が対峙しなくてはいけない人なんだわ……）

自分の正義と対極にある者なのだ。

「……私のドレッサーにカードを置いたのはあなたね」

アンナリーザが問うと、彼女はハッと吐き捨てるように笑った。

「母親のことを知れば、尻尾を巻いてこの国から出ていくと思っていたのに、まだのうのうとここにいるなんて、どれほど厚顔無恥なのか……！」

アンナリーザが自分の罪を知らないままでいることが、我慢ならなかったのだろう。

母親の犯した罪が自分のものだとは思わないが、殺したいほど憎んでいる相手がのほほんと笑っているのが許せないという気持ちは、わからないでもない。

アンナリーザは横目で退路を探りながら、夫人を説得しようと試みる。

「私を憎んでいるのはわかる。でも、私を殺せば、また戦争が起こるわ。あなただって、またあんな悲惨なことを繰り返すのは望んでいないはずよ」

ペトラルカ王である従兄弟のマッシミリアーノは、おそらくアンナリーザが殺されたとしても戦争を起こしたりはしないだろう。彼は日和見《ひよりみ》主義者だ。だが夫人はそれを知らないだろうから、説得材料に使わせてもらった。

戦争を経験した者ほど、平和の大切さを痛感しているものだ。

再び戦争になると言えば、考えを改めてくれるのでは、と期待したのだが、夫人はその目にカッと怒りを閃かせて叫んだ。

「起きればいい！　あの悪党ばかりの醜悪なペトラルカなど、滅ぼしてしまえばいい！」

「悪党ばかりではないわ。ペトラルカにも平和を望む優しい人だっている……！　そんな罪のない人たちを滅ぼすというの？」

アンナリーザのその言葉に、夫人が眦を吊り上げて憤怒の形相になる。

「お前が言うな！」

それは、苛烈そのものの叫びだった。

物静かでクールな印象だった、あのアルマベール夫人から出た声とは思えないほど大きく、血を吐くような声とはこういう声なのだなと、アンナリーザはどこか頭の裏側で思う。

額に青筋を立て、血走った目を見開いて、夫人は激怒していた。

「あの大悪党の……あの売国奴の娘の、お前だけは言うな！　あの悪党が……お前の父親が何をしたか知っているの!?　王宮の兵士たちを嬲り殺しにしただけじゃない！　王宮に勤めていた女官たちを手当たり次第部下に陵辱させた！　王妃様は夫と息子たちの前で大勢の兵士たちに輪姦された挙句、殴り殺されたのよ！　あれほど美しく、優しく、気高かったあのお方が！　光のようなお方だったのよ！　私たち女官の憧れだった！　それなのに、どうして……どうしてあのお方が、そんな死に方をしなくてはならなかったの……！」

泣き叫ぶ夫人の語る壮絶な話に、アンナリーザは血の気が引いた。吐き気がしそうだ。

脳裏に父の記憶がぐるぐると渦巻く。娘には優しい父だった。どこかへ行くたびにお土産をたくさん買ってきて、きれいになったと言って褒めてくれる。記憶の中の父はいつだって笑っていて、怒った姿を見たことがない。あの父が、そんな恐ろしいことをしたのだろうか。

だが、したのだろう。アンナリーザはそう確信していた。夫人の怒りは本物だ。嘘や偽りでこんな火のような怒りと悲しみを吐き出せるわけがない。

自分がこの国で恨まれ憎まれる理由が、夫人の語る過去にある。だってアンナリーザは父をほとんど知らない。家に帰ってくるのはごく稀で、帰ってきてもすぐどこかへ行ってしまう。父娘らしい触れ合いなど、実際にはほとんどしていないのだから。

(……ああ、私は、なんて愚かだったの……。自分が恨まれる理由を、上辺だけの事実だけを知って全てわかった気になっていた。父に、母に傷つけられた人たちに向き合おうとしていないも同然じゃないの……!)

両親の罪は自分の罪ではない。——その気持ちは変わらない。そうでなければ、復讐は永遠に終わらないからだ。

だが罪が自分にあるかないかは、被害者たちに向き合うこととは別なのだ。

国を背負ってレストニアに嫁ぎ、王妃という立場に立ったならば、自ら彼らの主張を受け止め、痼《しこり》を解消するために、まずは彼らに寄り添わなくてはいけなかったのに。

アンナリーザは込み上げる涙を堪え、夫人に言った。

「……私の父と母がしたことは、本当に酷いことだったわ。私は娘として、この国に謝らなくてはならない。本当に、ごめんなさい」

「お前が謝ったところで、王妃様は戻らない! 殺された人たちも戻らない!」

「そうね。その通りよ。だからこそ、もう二度とこんな悲劇が起こらないようにしなくてはならないの。私はこの国の王妃として、もう二度と戦争は起こさせない」

「うるさい！　お前がこの国の王妃だなんて、私は絶対に認めない！」

アルマベール夫人は泣きながら叫び、ダガーを構えてこちらへ向かって突進してくる。

「――ッ！」

ギラついた刃物が迫ってくる光景に、アンナリーザは体が竦んで動かなかった。遠くでドアが開くような大きな音が聞こえた気がしたが、そちらを振り返る余裕はない。

（――ああ、もうダメかもしれない……！）

そう覚悟してギュッと目を閉じた時、自分が誰かに抱き締められるのを感じた。

ふわ、と干し草の甘い香りが鼻腔を擽る。

この匂いを知っている。もう随分と嗅いでいないけれど、干し草とミントとローズマリーの混じったこれは、アンナリーザが一番安心する場所の匂いだ。

驚いて目を開いたアンナリーザは、思い描いた通りの美貌があって小さく悲鳴を上げた。

アンナリーザの頬に、彼の黒く長い髪が落ちる。

「カ、……ト……」

なぜここに、という言葉は、続けられなかった。声が上手く出てくれない。

嫌な匂いがしたからだ。錆のような生臭い、あの夢と同じ……。

（――血）

脳裏に、血塗れで折り重なる父と母の姿が浮かぶ。同時に、木が燃える煙の匂いと、胃の底が抜けるような恐怖が蘇って、ヒクッと喉が痙攣した。

恐慌状態に陥りそうになる寸前で、アンナリーザは歯を食いしばる。

「カート」

震える唇に鞭《むち》打つようにして、アンナリーザはもう一度夫の名を呼ぶ。

「ナリ。……怪我はないか?」

カートはそう答えて微笑んだが、その声はひどく掠《かす》れていた。

(やめて……そんな、嫌よ。絶対に嫌……)

考えたくもないようなことが頭に浮かんで、アンナリーザは奥歯を噛む。そうしなければ、子どものように泣き叫んでしまいそうだった。

湧き起こる不安に押し潰されそうになりながら、腕を彼の背中に回して抱き締めようとする。

すると手に硬質な金属の感触が当たり、次いでぬるり、と生温かい液体に触れた。喉が痙攣したように震えて、しゃくり上げる。ガチガチと歯が音を立てていたが、もう止めることはできなかった。カーティスの背中に突き刺さっているのは、先ほどアルマベール夫人が手にしていたダガーだ。

彼はアンナリーザを庇って刺されたのだ。

「いや……いや、いやよ、カート……！　どう、どうして……」

あんなに酷いことを言ったのに。ずっと冷たい態度を取っていたのに。

もう呆れて見放したっておかしくないのに、どうして庇ったりしたのか。

「ナリ……大丈夫だ」

「いや……いやよ、お願い……！　他の何を失ってもいい。あなただけは喪いたくない……！」

狼狽し切ったアンナリーザの声は、叫んだつもりだったのに、掠れた囁き声にしかならなかった。

カーティスは青白い顔に脂汗《あぶらあせ》を浮かべながら、にこりと微笑んで妻の頬を撫でる。

「大丈夫だ。私は死なない。君を一人には、絶対にしないから」

彼は力強くそう約束したが、次の瞬間にはアンナリーザに寄り掛かるようにしてズルリと崩れ落ちた。

「カート！」

アンナリーザは泣きじゃくりながら彼の体を抱えて叫んだ。

「アルマベール夫人！　お医者様を！　早く！　カートが死んでしまう！」

どこかその辺にいるはずのアルマベール夫人に向けて叫べば、彼女は紙のような顔色でへたり込んでいた。

「へ、陛下……そんな、私は、陛下を刺すつもりじゃ……こんなつもりじゃ……！」

ブツブツと独り言のように呟いている夫人に、カーティスが顔だけをそちらに向けて言った。

「……アルマベール夫人。復讐は……もう、私が果たした。ピエルジャコモも、キャサリンも、私が殺した。アンナリーザは、私に両親を殺されたのだ。ここにいる我々は、全員が、同じ傷を負った者同士だ。復讐は、どこかで止めなければ、永遠に連鎖が続く。私は……未来を生きる子どもたちに、それを引き継がせたくない。私の代で、終わらせたいのだ……」

喋ることも辛いのだろう。ゆっくりと、途切れがちにカーティスが語ったその内容に、アンナリーザはまたぼたぼたと涙が溢れ出た。

同じだ。カーティスも、全く、同じ未来を目指している。

アンナリーザと同じ正義を、カーティスも抱いていてくれた。

「……陛下……」

アルマベール夫人がその場に泣き崩れた。

（ああ、神様……）

アンナリーザはどこにいるかもわからない神に祈った。

――どうか、この夫と自分が、目指す未来へ辿り着くまでの努力を、共にできますように。私はこの人と一緒に、人生を歩んでいきたいのです。

「……カート、愛しているわ。私を置いて死んだら、絶対に許さないわよ」

アンナリーザはそう言い置いて、夫の唇に触れるだけのキスをする。

血の気のない顔で微笑んで頷くのを確認して、そっと夫の体を横たえると、助けを呼ぶために走り出した。

＊＊＊

アンナリーザが全速力で走って助けを呼んだ甲斐《かい》があって、カーティスは一命を取り留めた。

アルマベール夫人は捕えられ、全て白状したことから、アンナリーザ誘拐を目論《もくろ》んだ強硬派の貴族たちが逮捕された。

そのおかげで、王宮内の空気は、以前よりずっと過ごしやすいものへと変化していた。

誘拐事件から間を置かず生じた王妃殺害というセンセーショナルな事件は、王宮を越えて国内にあっという間に広まった。

どちらも未遂に終わったものの、民の間でも王妃に対する同情は少なからず寄せられるようになった。

王妃を庇って王が刺されたという点も、国民の多くが王妃に対する見方を変えるきっかけとなったのだろう。この国を再建した偉大なるカーティス王が、その身を挺して庇うほど愛しているのだから、王妃はきっと素晴らしい人なのだろう、ということだ。

また、王妃は孤児院の子どもたちのために手ずから肌着を縫い、寄付をしていることも、その推測に信憑性を与えていた。中には「ご機嫌取りだ」と皮肉を言う者もいたが、多くの者は王妃の素朴で温かな人柄を賞賛したという。

エピローグ

医者から習った通りに包帯を外し終え、ピンセットで慎重にガーゼを外すと、ピンク色に盛り上がった皮膚が見えた。傷口には体液も滲んでおらず、とてもきれいな状態だ。

アンナリーザはホッと息をついて、清潔な綿球に消毒用のエタノールを付けて、傷口の消毒をしていく。この作業も医者から任せられるようになって二週間、もうだいぶ手慣れてきた。

医者からの絶対安静命令が解除されてから、アンナリーザは入浴後のカーティスの傷口の処置を医者から任された。カーティスが、眠る前の処置は妻にしてもらいたいと駄々を捏ねたからだ。

まるで子どもが甘える時のようなワガママに、医者は「おやおや」と眉を上げたし、カーティスの護衛たちは気まずげな表情になっていた。アンナリーザはもちろん顔を真っ赤にしていたが、一時は命も危うい状態だった夫のワガママであれば、なんでも聞いてあげたかったので、もちろん承諾したのである。

うつ伏せになっていたカーティスが、首を捻るようにして顔だけをこちらに向けて言った。

「もうほとんど塞がっているだろう？」

「そうね。滲出液《しんしゅつえき》も出ていないし、化膿もしていないわ。とてもきれいな状態です。これならもうガーゼを外していても問題ないはず……」

「ああ、良かった！　包帯をずっと巻いていなきゃいけないのは、すごく煩わしかったんだ。やっと解放される！」

大袈裟に喜ぶカーティスに、アンナリーザはクスクスと笑う。

「それにしても、こんなに早くきれいになるなんて。人間の体って不思議ね。二週間前にはまだ腫《は》れて血も滲んでいたのに……」

「ウィニコットも〝陛下は治りが早い〟と褒めてくれたからね」

「でも、傷跡は残ってしまうとおっしゃっていたわ……」

せっかく滑らかで美しい体だったのに、大きな傷跡が残ってしまうのが悲しかった。

「私を庇ったせいで、こんな傷跡が……本当にごめんなさい」

しょんぼりと肩を下げると、カーティスは呆れたような顔になる。

「なぜ謝るんだ？　これは私が君を守ることができた証だ。誇らしく思うよ。ウィニコットも、〝勲章ですな！〟と笑っていたくらいだ」

ウィニコットとは王宮の典医の名前だ。メガネをかけた五十代の豪快な紳士で、アンナリーザにもわかりやすいように説明してくれる信頼できる医師だ。彼なら言いそうなセリフに、思わず笑ってしまった。

「本当に、ドクターには感謝してもしきれないわ。彼の的確で素早い処置がなかったら、あなたは命がなかったかもしれないもの」

しみじみと言いながら、アンナリーザは当時のことを思い出してブルッと背筋を震わせる。

カーティスが助かって、本当に良かった。今はこうして元気にしているが、ダガーを抜いて傷口を縫った後に一週間も発熱が続き、一時は命が危ういかもしれないとまで言われたのだ。カーティスが熱を出している間、アンナリーザは片時も離れず看病したが、もし彼が死んでしまうなら自分も後を追おうとまで覚悟していた。

その時の胸が潰れるような想いに比べたら、これから起こるどんな苦難も、きっと些細なことに思えるだろう。

——アルマベール夫人の事件から、一ヶ月が経とうとしていた。

あの事件をきっかけに強硬派の主力メンバーだった貴族たちが、次々に王族弑虐の罪で極刑に処された。中にはカーティスの側近であるダンバー侯爵もいたようで、苦渋の決断だったに違いないが、それでも彼は顔色一つ変えずに極刑を言い渡したそうだ。ダンバー侯爵の息子の一人であるジョシュアも、本来であれば極刑となるところだったが、彼は事件以前に忠誠宣誓をしてアンナリーザを主人と定めていたことからその責を逃れた。

腹心を次々に殺していったカーティスを『冷酷王』だとか『情のない王』だとか言う者たちもいると聞くが、アンナリーザは笑ってしまう。何を今更、という話だ。彼は目的のためなら、手段を選ばない。そうでなければ一度滅んだ国の再建などできるわけがないのだ。

（そんな彼だからこそ、私は傍にいることに決めたのだもの）

お互いの肉親の死という深くて暗い溝は、二人の間にいまだ存在する。それはこの先も無くなりはしないだろう。だがその事実があってもなお、アンナリーザは彼を愛しているし、彼と未来を歩んでいきたいと望んだ。

カーティスが目指す未来がアンナリーザと同じだったからだ。

その未来を実現するための道は、とても険しい。だからこそカーティスの強さが必要だし、その強さゆえに孤独になりがちになるであろう彼の傍にいたいのだ。被害者であり、加害者であり、当事者であるカーティスとアンナリーザにしか、わかり合えない心情がある。

（私たちは多分、運命共同体のようなものなのだわ）

複雑で悲しい事情で引き寄せられたけれど、共に手を取り、支え合って、この国の幸福な未来を実現するための運命だったのならば……。

（……まあ、運命だったから〝仕方なかった〟とは、思えないけれど。だけど、カーティスと出会って、彼と生きていく決心をしたのは、きっと必然だったのよ）

カーティスの傷の処置をテキパキと終えたアンナリーザは、使った医療道具をきちんと箱にしまって片付けると、ようやく眠れる、とベッドを振り返った。

するとカーティスが両腕を広げてベッドに座っていたので、思わずフフッと笑ってしまった。

「抱っこしてくださるの？」

「そうだよ。傷が塞がったら抱っこしていいって君が言ったんだよ。ほら、早く」

急かすように言われて、クスクス笑いながら乞われるままに彼の腕の中に、できるだけそっと身を収める。傷が塞がったとはいえ、彼の体に無理があってはいけない。

だがカーティスはそんなことはお構いなしとばかりに、ぎゅうっと力一杯抱き締めてきた。

「ああ、……柔らかい……すべすべ……」

「くっ……ち、力が強い……！　待って、カート、そんなに力を入れたら、傷が開いてしまうわ……！」

「もう大丈夫だってナリが言ったんだろう？」

「そ、それはそうだけれど、念のために……」

「ほら、ジタバタしないで」

カートは子どもを叱るように言うと、背後から首の辺りに顔を乗せ、そこでスゥッと鼻から息を吸った。そのままスーハーと深呼吸され、アンナリーザはハッとなった。

（匂いを嗅がれている……!?）

「ちょ、ま……もしかして、カート、私の匂いを嗅いでいるなんて言わないでしょうね……？」

「嗅いでるけど？」

「ヒィッ！　や、やめてください！　なぜ匂いなんか……！」

ちゃんと風呂に入った後だが、臭かったらどうしよう、と焦ってカーティスの腕から逃れようとすると、ドサリとベッドの上に押し倒された。

「二ヶ月だ」

アンナリーザの頭の両脇に手をついたカーティスが、真剣な表情で見下ろしてくる。

「に、二ヶ月……？」

なんの期間だろうか。二ヶ月後に何かあっただろうか。生誕祭？　復興祭？　それとも前にチラリと聞いた北部の村の復興事業にかける期間だろうか。

頭の中でいろんな情報が巡ったが、どれも正解の決め手に欠けて首を傾げていると、カーティスが言った。

「二ヶ月、君を抱けていない。いい加減、限界だとは思わないか？」

「だっ……!?」

何を言い出すかと思ったら。

アンナリーザは目を剝いてしまった。顔がりんごのように赤くなったが、夫の顔が近すぎてそれを隠すこともできない。

確かに、アンナリーザが最後にカーティスに抱かれたのは、もう随分前になる。カーティスが怪我をする以前に、アンナリーザが彼を避けていたせいだ。

「な、何を言っているの、あなたはっ！」

「大事なことだろう」

「だ、大事なことって……傷を負って死にかけていたのだから、当たり前でしょう？　それなのに、あなたって人は、もう！」

怒っているわけではなかったが、恥ずかしさにプンプンとした口調で言うと、カーティスはしょんぼりと眉を下げる。

「……私に触れられるのは嫌か？」

「嫌ではありません」

最愛の夫にそんな悲しい誤解をされるわけにはいかない。アンナリーザは真顔で即座に否定した。

するとカーティスは嬉しそうにふわりと笑った。美しい彼が笑うと、大輪の牡丹《ぼたん》が花開く時のように明るく華やかな印象になる。男性だというのに、この溢れんばかりの色香。女性だったら、間違いなく傾国の美女と呼ばれただろう。

夫の滴るような美貌をうっとりと眺めながら、アンナリーザはそっとその頬に触れた。

「……嫌なわけないわ。知っているでしょう？」

問いかけると、カーティスはふっと眼差しに甘い色を滲ませた。

「……わからないな。ちゃんと言ってくれ。私は君からその言葉を聞くためなら、なんだってするんだよ」

熱したハチミツのようなとろりとした声で囁かれ、アンナリーザは微笑みながら言った。

「愛しているわ、カート」

空色の目が蕩けるように細められ、アンナリーザの唇が塞がれる。

柔らかく温かい感触は、一度触れた後すぐに離れていき、今度は鼻を鼻に擦り付けられた。

「私も愛しているよ、ナリ。君がいれば、他に何も要らない」

甘い甘い言葉に、アンナリーザはまたさざめくような笑い声を上げる。

お互いを引き寄せるようにしてキスをして、着ている夜着を脱がせ合った。

アンナリーザは、素肌で夫を感じるのが好きだ。肌と肌を密着させていると、お互いの体温が混じり合って、そこから溶け出して一つになるような錯覚がするからだ。

「……あなたと本当に一つに混じり合ってしまえたら良いのに……」

生まれたままの姿で彼の重さを体の上に感じながら、アンナリーザはため息のように言った。

カーティスは吐息で笑いながら、アンナリーザの顔にキスの雨を降らせる。

「ああ、それはいいな。一つになってしまえば、ずっと君を感じていられる」

「ふふ、私も同じことを考えていたわ！」

アンナリーザが笑い出すと、カーティスは目を丸くした。

「本当に？」

「本当よ。でも、当たり前なのよ。だって私たちは運命なんだもの！」

カーティスの首に腕を巻き付けて言えば、彼はとろりと幸せそうに笑い返して言った。

「——知っていたよ」

＊＊＊

情事の後で、眠ってしまった妻の髪を指で梳く。

柔らかな亜麻色の髪は、少女の頃の手触りのままだ。

瑞々しい桃の実のような頬は、あの頃よりは幾分削げただろうか。だが、愛らしいことに変わりはない。

アンナリーザは出会った時から愛らしく、生命力に溢れ、天使のように穢れがなく、崇高な存在だ。

彼女との思い出は、カーティスにとっての宝物であり、お守りであり、生きる指標となってくれた。

「〝私たちは運命〟か……」

妻が情事の最中に言ってくれた言葉を反芻《はんすう》し、カーティスはため息を漏らす。

「ふふ……ようやくだ。そうだよ、ナリ。私は、そうなるために生きてきたんだ」

恍惚とした囁きは、眠る妻には届かない。——それでいい。

カーティスが物心付いた時には、レストニアという国を復興するための『旗印』にされていた。

なぜそうなったのかもよくわからないが、周囲の大人たちがそう言うから、従うしかなかった。殺気立った大人たちの中、六歳の子どもに拒否権などあるわけがない。

両親と兄たちが殺された時のことを、カーティスはあまりよく覚えていない。

あの日、カーティスは乳兄弟のブランドンと一緒に寝床を抜け出し、『秘密基地』で遊んでいた。『秘密基地』とは中庭にある使われなくなった収納小屋のことで、よくそこで朗読の授業をサボっていたものだ。城の中が騒がしくなってきた時、自分たちがいなくなったのがバレたのかと思った。だが阿鼻叫喚の声が聞こえてくるようになって、様子がおかしいことに気がついた。慌てて城の中に戻ろうとしたところを、ブランドンの父であるダンバー侯爵に見つかったのだ。

ダンバー侯爵はカーティスを見つけると、咽せび泣きながら、城がペトラルカの奇襲を受けたのだと言った。そしてカーティスとブランドンを抱えて城を囲む水路に飛び込むと、数キロメートルを泳ぎ切って敵の追跡を逃れたのだ。今から思えば、とんでもなく無謀な方法で、我ながらよく生きていたなと思う。

ともあれ、神の采配か何か知らないが、カーティスは生き延びた。

それを幸いとは呼びたくない。カーティスにとっては地獄のような日々の始まりとなったからだ。

カーティスを救ったダンバー侯爵は、ペトラルカへの復讐を声高に主張した。特に父王たちを弑《しい》したペトラルカの将軍ピエルジャコモと、その手引きをしたキャサリンを激しく憎んでいるようだった。

キャサリンのことはなんとなく覚えている。長兄ヘンリーが一目惚れをして、熱望する形で妻にした女性だった。だがキャサリンの方はヘンリーを愛しているわけではなさそうだった。いつもつまらなそうな顔をしていたし、溺愛してくるヘンリーを鬱陶《うっとう》しがっているように見えた。

それもそのはず、子どもだったカーティスは知らなかったが、キャサリンは王太子妃という立場にありながら、いろんな男と浮き名を流していたらしい。実父のカーライル侯爵がいくら咎めても言うことを聞かず絶縁までされたらしいが、それでも彼女は放蕩《ほうとう》行為をやめようとしなかった。

だがカーティスが思うに、おかしかったのはキャサリンよりもヘンリーの方だ。それほどまで不貞行為を繰り返されながら、兄は決してキャサリンを手放さなかった。王太子という世継ぎを作る立場であるため、配偶者の不貞行為には極刑を言い渡すことすらできるのに、彼は罰することを望まず、キャサリンを妃の位に留めたのだ。

そんなキャサリンだから、筋骨隆々《きんこつりゅうりゅう》で傍若無人な異国の将軍は、窮屈な立場に閉じ込められている自分を救い出してくれる英雄に見えたに違いない。ピエルジャコモの甘言に唆されるがままに、敵国に協力する姿が目に浮かぶようだった。

だがカーティスからすれば、キャサリンよりもヘンリーの方が悪い。王太子妃にふさわしくない女を選び、しかもその女を無理やり妃の椅子に縛りつけようとしたのだから。キャサリンが妃の器ではなかったのではない。ヘンリーこそが、王太子の器ではなかったのだ。

その愚かな長兄の尻拭いを、カーティスがしなくてはならなくなった。

王家の血が流れているという理由で勝手に王国復興の『旗印』にされ、朝から晩までペトラルカへの恨み言を言い続けられる毎日だ。ペトラルカに占領されたレストニアでは潜伏生活をしなくてはならず、食べる物に事欠くこともあった。

もちろん、カーティスにだって父を、母を、兄たちを殺された怒りはあった。だからこそ大人しく『旗印』の役目をやってきたわけだし、何年も『復讐すべし！　王国を復興するべし！』と言い続けられたことで、それが自分の義務だと感じる程度には、責任感というものも備わるようになっていた。

だが、いつまで経っても妙な違和感は拭えなかった。

――果たして自分は、己の意思で生きているのだろうか？

周囲に流されるまま、言われるがままに、生きているのではないか。

なにしろ国が滅んで以降、自分で何かを選んだことがないのだから、違和感を抱いて当然だ。

そんなモヤモヤを抱えながら迎えた十七歳の年、とうとう仇敵ピエルジャコモを倒す機会が巡ってきた。なんとピエルジャコモはキャサリンを妻にして、屋敷に囲っているようで、二人纏めて始末できるというお誂《あつら》え向きの状況だった。

キャサリンは声楽家やら俳優やらを屋敷に呼び込んでは、享楽《きょうらく》に耽る爛《ただ》れた生活を送っているらしく、カーティスたち一行は、その『お慰め』役のお客人として屋敷内に侵入することに成功した。

性に奔放なペトラルカの風習ゆえか、あるいはこの夫婦の貞操観念が壊れているのか、ピエルジャコモもキャサリンの不貞行為を知って認めているらしい。時にはピエルジャコモも、『お慰め』に参加しているということだったから、おそらく後者なのだろう。

ともあれ、結婚を神聖なものと考えるレストニアの人間であるカーティスにとっては、吐き気がするような話だ。ヨセフ教において淫蕩は大罪だ。さっさと殺して『復讐』を果たしてしまおう、と潜入したカーティスは、そこで出会ってしまったのだ。――己の『運命』に。

最初は、ただのうるさい子どもだと思っていた。

暇を持て余していて誰か構ってくれる人を探しているのだろう。相手にするのは面倒臭いが、ピエルジャコモの娘ならば、屋敷の中の情報を訊き出せるかもしれないと、端《はな》から利用するつもりで近づいた。

だが一緒に過ごす内に、アンナリーザがそれほど面倒な性格をしているわけではないことに気がついた。彼女は最初こそ『遊んで』と言ってくるが、断れば二度と同じことは言わないし、こちらが困ったような素振りや軽い否定をしてみせると、サッと自分の主張を引き下げる。異様なまでに聞き分けがいいのだ。

（――この子、全身で僕を観察しているんだ……）

目で、耳で、触れ方で、アンナリーザはカーティスの感情を推し量っていた。相手がどう思うかを常に意識しているから、相手が少しでも不快に思えばそれを瞬時に受け取り、その行動を改めることができるのだ。それはまるで、熟練の政治家の会話術のようで、最初に構ってほしいと無邪気に迫ってきた彼女の積極性とは、相反するように見えた。

なぜ十一歳やそこらの少女がこんなことができるのかと不思議に思ったが、それもすぐにわかった。

アンナリーザは、ほぼ放置された子どもだったのだ。

両親は娘にほとんど興味がなく、顔を見るのも数ヶ月に一度程度。会ってもすぐにどこかへ行ってしまうため、親子が一緒に過ごす時間はないに等しい。使用人は山ほどいるが、彼女の世話を専門にしている者は一人もおらず、誰もが彼女を邪険に扱っていた。

アンナリーザは広い屋敷の中で、いつも孤独を抱えていた。

だから、構ってくれる人がいたら、その人の機嫌を損ねないように常に気を配り、無理やワガママを言わないようにしていたのだ。

そのことに気づいた時、カーティスは胸の中に感じたことのないような、憐れみを覚えた。彼女が可哀想で、可愛かった。彼女が望むだけ一緒にいてやりたくなったし、彼女が笑うことをしてやりたかった。

なぜそんな気持ちになるのだろうと考えてみて、わかった。

アンナリーザが自分に似ていたからだ。

カーティスもまた、ずっと孤独だった。周囲の人間はカーティスを『旗印』としか見ておらず、カーティスがどんな人間であるかに興味はない。彼らにとってカーティスは、ペトラルカを征伐し、王国復興を実現するための人形なのだ。

だからカーティスは、彼らの望むような自分をずっと演じている気がしてならなかった。ずっとそうやって演じ続けてきて、自分が何を望んでいるのかすら、もうわからなくなっていた。

(——君は、僕だ)

誰かに、自分自身を見てほしくて、自分自身を愛してほしくて。

そんな誰かを探して、彷徨《さまよ》っている。

(……だったら、僕があげる。君の欲しいもの、全部。君を甘やかして、可愛がって、愛しまくってあげる。だから——)

アンナリーザなら、愛してくれるだろうか。カーティス自身を。カーティスそのものを。

カーティスが望むように、カーティスが彼女を愛するのと同じ熱量で、愛し返してくれるだろうか。

(きっと、できるよね、ナリ。君だったら)

だって、自分たちは同じだ。

同じ苦しみを味わい、同じ望みを抱いているのだから。まるでパズルのピースのように、ピッタリと嵌まり合うに決まっている。

そう確信してから、カーティスはアンナリーザを自分のものにするにはどうしたらいいかを考え始めた。

(まずは、あの両親は要らない。アンナリーザは慕っているようだけれど、あんな色欲に塗《まみ》れた人間は、彼女に良くない影響を与えるだけだ)

カーティスはアンナリーザ以外要らない。

だからアンナリーザにも、カーティス以外は必要ないのだ。

その上、悍《おぞ》ましいことに、ピエルジャコモはアンナリーザがもう少し成長すれば、実娘《じつじょう》である彼女を犯す気でいたことが、後からわかった。さらに身の毛がよだつことに、母であるキャサリンもそれを承知していたという。

『そろそろアンナリーザがいい頃合いになってきたな。味わうのが楽しみだ』

『あなたは相変わらず未通女《おぼこ》が好きねぇ』

というとんでもない会話を、多くの男女が交じり合う乱痴気騒ぎを楽しみながら夫妻がしていたと、ダンバー侯爵が苦い顔で言っていた。

(殺す理由が、もう一つできたな)

元々殺す予定の人間だったが、アンナリーザを手に入れるために、という理由ができたせいで、俄然《がぜん》やる気が出てきた。

カーティスは喜び勇んでアンナリーザの両親を殺した。

——誤算だったのは、アンナリーザにそれを見られてしまったことだ。

可哀想に、隠し扉を開いて見つけたアンナリーザは、すっかり怯え切って泣いていた。

はちきれんばかりの笑顔を向けてくれていたのに、カーティスを見る目はまるでバケモノでも見るかのようだった。

(——ダメだ、ナリ。そんな目で僕を見ないで……)

アンナリーザを怯えさせたいわけじゃない。

彼女には笑っていてほしい。満面の笑みで『大好き』と抱きついてきてほしいのだ。

(そんな目で見られるくらいなら——)

レストニアには、『眠り草』と呼ばれている細麦に似た植物がある。入眠を促す薬草としても知られていて、その香りを嗅ぐことで人を催眠状態に陥らせることでも有名だ。

ちょうどこの屋敷の使用人たちを眠らせるために使った『眠り草』の残りを持っていた

カーティスは、それをアンナリーザに嗅がせて、全て忘れるようにと暗示をかけた。

怯えられるくらいなら、全てを忘れてもらった方がいい。

（でも、大丈夫だよね、ナリ。僕と君なら、もう一度最初からやり直しても、必ず想い合える。だって僕らは〝運命〟だから）

目を閉じた彼女をそっと抱き上げ、燃え盛る屋敷を後にした。

本当はそのままアンナリーザを連れて行くつもりだったが、それをダンバー侯爵が拒んだ。

『ピエルジャコモとキャサリンの子どもを連れて行くなど、許されません！　どうしてもと言うならば、私がその娘を殺して差し上げる！』

涙を流して怒鳴り立てる侯爵は、本当にアンナリーザの首元に剣を突き立てようとした。

まさか罪のない子どもにまでそんな真似をするとは思わなかったカーティスは、猛烈に抗議したが、侯爵は聞き入れなかった。

王国復興を目指す反乱軍の実質上の指揮官は、ダンバー侯爵だった。カーティスはただの『旗印』でしかなく、決定権は侯爵の方にあった。ここでアンナリーザを強引に連れて行っても、ダンバー侯爵に引き離されるか、最悪の場合カーティスのいないところで彼女を殺される恐れがある。アンナリーザを置いて行くのは、苦渋の決断だった。

だがカーティスも、なんの手立てもせずに彼女を放り出したわけではない。

アンナリーザには、『耳』をつけた。

それはレストニア王のために諜報活動をする隠された者のことで、王となる者の前にしか現れないのだそうだ。カーティスの前に『耳』が現れたのは、城が落ちて両親が死んでから一年が過ぎた頃だっただろうか。カーティスが一人で水浴びをしている時に、いつの間にか傍にいて声をかけてきた少女がいたのだ。全く気配がなかったので驚いたが、不思議と恐怖はなかった。少女は自分はレストニア王のための『耳』の一族の一人であり、生き残りだと言った。同じ『耳』であった親兄弟は、父王を守って戦い、死んだそうだ。

カーティスよりも年下に見えるその少女は、実際にはカーティスよりも年上なのだと言っていた。どんな年齢にも化けられるし、男性にもなれる。老若男女問わず、誰にでもなりすますことができるのだとか。

『私は、戦闘があまり得意ではありません。そのために、先王陛下をお守するために出動した部隊に加えてもらえなかったので、おめおめと生き残ってしまいました。ですが、情報を得ることだけは誰にも負けません。どうか、私をお使いください。我が王のために、この身を捧げます』

そう言われ、当たり前だが受け入れた。拒む理由などない。

カーティスは、この少女をアンナリーザに付けた。

『彼女は僕の妻になる人だ。必ず守れ』

『――御意』

そうして『耳』は子爵家の娘と偽り、ペトラルカの王宮に入り込むと、アンナリーザの侍女となった。

とはいえ、フィオレからの報告はそれほど頻回に受け取れたわけではない。フィオレは身分を偽って敵国に潜入していたため慎重に行動しなくてはならなかったし、カーティス自身もピエルジャコモ殺害後すぐにペトラルカに正式に宣戦布告したため、戦に明け暮れる日々だったからだ。そのためフィオレには、報告は必要最低限でいいので、アンナリーザを守ることに徹するよう命じた。その結果、彼女が元王妃に強姦魔を送り込まれるようなことになっていたのを後から知ることになってしまったのだけは、今でも後悔している。フィオレが未然に防いでいたらしいが、知っていればどんな手を使ってでもあの元王妃を殺してやったものを。――そう。フィオレはカーティスの『耳』なのだ。

彼女と離れ離れになってしまった後も、カーティスの目的は変わらなかった。

アンナリーザを手に入れる。

ただそれだけのために生きた。

立場上、自分が出奔《しゅっぽん》したところでダンバー侯爵に連れ戻されるのは目に見えている。

――ならば、侯爵は敵だ。侯爵を殺す力を身につけるために、カーティスは反乱軍の中で精力的に動くことにした。仮にこのまま王国復興を成し遂げたとしても、お飾りの『旗印』のままでは傀儡《くぐつ》の王にさせられるだけだ。王として、指揮官として、そして未来の施政者としての力を着々とつけて行く中で、侯爵ではなくカーティスを支持する者が増え始める。王家の血とは不思議なものだ。ただその血統だというだけで、カーティスに指揮官である正当性がついてくるのだから。

反乱軍の中においてもジリジリとした派閥争いを繰り広げつつ、ペトラルカとの長きにわたる戦争をついに終わらせることができた。——レストニア王国の復活である。

こうして新レストニア王国の王となったカーティスは、和平の条件にアンナリーザとの結婚を盛り込んだ。それが目的だったのだから、当然だ。

これに反対の声が上がる。予想はしていたが、もちろんダンバー侯爵だった。

だがカーティスも今度ばかりは引かなかった。なにしろ、カーティスの目的はアンナリーザであって、レストニア復活などどうでもいい。それに、力がなかった昔とは違い、この時にはダンバー侯爵に匹敵するだけの権力を持っていた。

『ペトラルカの王族との婚姻は、和平の象徴となるはずだ』

もっともらしい理由に、カーティスの支持者たちが賛同してくれた結果、アンナリーザとの結婚は成立した。ようやく勝ち取った春に、カーティスは叫び出したいほど嬉しかった。

ところがダンバー侯爵も黙ってはいなかった。権力を使って、王妃付きの女官には自分の息のかかった者ばかりを配置し、王宮内を自分の領域に変えたのだ。カーティスの支持者は若い者が多く、その子女はまだ幼い。王宮の女官は子爵家以上の成人した貴族の女性にしかなれない職で、断然年配のダンバー侯爵の方が繋がりが多い。

カーティスがダメなら、アンナリーザの方を攻撃すればいいと考えたのだろう。

実に姑息《こそく》だ。だが王国復興間もなく政局が安定しない国家において、台風の目とも言える王妃を取り巻く環境に揺さぶりをかけてくるのは、正直に言えば上手いやり方だ。王妃を虐めることで王妃自身を弱らせることができるし、それが理由で王妃が問題を起こせば「やはりペトラルカの人間などを王妃にしたからだ」とカーティスの支持者を動揺させられる。さらに王宮内を王妃の悪口で満たせば、自ずと王妃に対する反感は強くなっていくものだ。

その上腹立たしいことに、ダンバー侯爵が反乱の準備を整え始めたのだ。

それがカーティスに対する牽制であるのか、本気で国家転覆を目論んでいるのかはその時点ではわからなかったが、どちらにせよ今反乱を起こされれば、まだ基盤も安定していないこの国はあっという間に引っくり返されてしまう。

アンナリーザを迎え入れた今、そんな危険を招くわけにはいかなかった。

その結果、公ではアンナリーザに冷たい態度を取らなくてはならなくなり、カーティスの中でダンバー侯爵に対する殺意が日に日に募っていった。

そんな殺伐とした日々を送るカーティスの癒しは、もちろんアンナリーザだった。

夜だけとはいえ、思う存分彼女を甘やかして触れられる幸福は、なによりもカーティスを癒してくれた。アンナリーザは少女の時の可愛らしさをそのままに、嫋《たお》やかさと艶やかさを兼ね備えた大人の女性に成長していた。結婚式で見た時には、その愛らしさに息を呑んだほどだ。無表情を保つのがどれほど大変だったか、彼女は知らないだろう。

アンナリーザは、カーティスのかけた暗示がいまだに解けていないようで、子どもの頃の記憶は失ったままだった。カーティスにとってかけがえのない、宝物のような思い出を共有できないのは寂しかったが、彼女にとってそれだけ恐ろしい記憶だったということだろう。それなら、思い出す必要はない。

(——全て一から作り上げていけばいい。私と君なら、できるはずだから)

想像した通りの幸福な夫婦になれる——そう思っていたというのに。

邪魔をしたのは、やはりダンバー侯爵だった。娘のアルマベール夫人を使い、アンナリーザに余計な情報を与えて、母親の実家であるカーライル家に行くよう仕向けてきた。事実を知ったアンナリーザは衝撃を受け、カーティスを避けるようになってしまった。

もちろんカーティスは、アンナリーザが今混乱しているだけだと、ちゃんとわかっていた。彼女がカーティスを愛しているのは火を見るよりも明らかだし、こんな些細なことで離れていくほど脆い関係ではない。なにしろ、二人は運命なのだから。

だが、彼女がもう少し素直になれるように、少し手を加えてもいいかと思った。

彼女がもうカーティスを避けようとは思わないように。

離れようなんて思うことすらできなくなるように。

――両親を殺して、寄る辺のない身の上にした。

――政略結婚という形で、祖国にも帰れないようにした。

これだけでも十分なほどに、彼女を縛る鎖になっているだろうけれど。

(もう一本くらい、鎖があってもいいなぁ)

彼女を自分のもとに留め置く鎖なら、いくらあったっていい。

だから、アルマベール夫人にアンナリーザを襲わせた。カーティスが彼女を庇って傷つけば、アンナリーザはその罪悪感から、もうカーティスを避けることはできなくなるだろう。

(今思えば、私は実に、ヘンリーに似ている)

カーティスは非業の死を遂げた兄を偲《しの》び、苦い笑みを浮かべる。

愛する者に対する異様なまでの執着が、本当にそっくりだ。

おそらく兄は、どれほど不貞行為をされようが、キャサリンが自分の妻であれば良かったのだろう。どんな男が彼女の肩に止まろうと、それは羽虫のようなものでしかない。彼女の夫は自分で、王太子妃である以上、彼女は自分のものだと主張できる。

――愛が手に入らないのならば、立場だけでも縛り付けてやる。絶対に逃がさない。

きっと同じ立場なら、カーティスも似たような選択をするだろう。

（……もっとも、私の場合は、羽虫の存在すら許さないが）

アンナリーザに触れる男がいたら、カーティスは即座にその首を切り落とすだろう。それだけではない。その遺体を城門に磔《はりつけ》にし、犬やカラスにその屍肉《しにく》を食わせてやる。自分の妻に手を出すことがどれほどの罪になるか、広く知らしめなくてはいけないから。

そしてアンナリーザはどこか美しい離宮にでも閉じ込めてしまおう。カーティス以外の男が誰も見ることができないように。アンナリーザにとって、男は自分だけでいい。自分にとっての女が、アンナリーザ一人であるように。

背中に手を回して傷跡を指で摩りながら、眠るアンナリーザに微笑みかける。

「この傷のおかげで、また一つ、君を縛り付ける鎖が増えた」

鎖は他にも用意してある。

アンナリーザが逃げようとするたびに、あの両親の真実を彼女に一つずつバラしていこう。

彼女に伝える方法は、あの祖母が適任だ。

祖母の口から母の本当の姿を聞かされ、カーティスが本当に守ろうとしていたのがアンナリーザだったのだと知れば、彼女は永遠にカーティスから離れられなくなるだろう。

「……でも、できれば使いたくないから……」

無闇に彼女を苦しめたいわけではないのだ。

「だから、ずっとそうやって、笑っていておくれ。私の可愛い、運命の人――」

カーティスは甘く優しい声で囁いて、そっと最愛の妻に口付けを落としたのだった。

あとがき

この本を手に取ってくださってありがとうございます。春日部《かすかべ》こみとです。

あとがきを綴る前に、ちょっと失礼。ネタバレの可能性がありますので、本文を未読の方は、本文を読み終わってからまたこちらへ戻ってきてくださいね。

――はい。これで大丈夫。もう物語の顛末《てんまつ》をご存じの皆様しかいませんね？

では、続けましょう。

さて、今回のお話は『逆仮面夫婦』のお話です。周囲には仲が悪いように見せかけていて、実はラブラブ――という特殊な設定なのですが、実はモデルが存在します。

十七世紀に活躍したスウェーデン王カール十一世とその妻ウルリカ・エレオノーラのご夫妻です。（史実としてもとても面白い内容なので、気になる方は調べてみてくださいね！）

もちろんモデルとはいえ、そのままこのお二人の話を書いているわけではなく、『逆仮面夫婦』という設定だけを拝借しているので、史実とは全く違う創作《フィクション》の物語となっております。その点だけはご留意いただけますと幸いです。

実は今作、プロットの時点で編集様と相談し決めていたことがありました。

それは「ソーニャ文庫の原点に回帰した作品」にすること、でした。

時代の流れ、世界の動き、それに伴う流行や価値観の変化は、乙女系小説界隈にも影響を及ぼしました。私にとってその変化は、良い悪いの話ではなく、そういうものでしかない、という感覚でしたが、それでも初期に書かせていただいていたような、ダークでややもすれば罪深い内容の作品は書かなくなって久しいなと感じていたのです。

そんな中、「ちょっと原点回帰してみましょうか」と担当編集者様が提案してくださったのです。もちろん、飛びつきました。やりたい。やりましょう。ぜひ！

こうしてできあがった今作、『敵しかいない政略結婚のはずが、夫に密かに溺愛されてます!?』です。ちゃんと原点回帰できているかは、読んでくださった皆様の判断にお任せするところではありますが、著者としては、現在の情勢や世論にそこそこ配慮しつつ、上手くできたのではないかと思っております。

奇《く》しくも今作は、私がデビューした年からお世話になっている担当編集様と作る、最後のソーニャ文庫となる予定です。これまで二十冊以上（アンソロジー含む）の作品を一緒に作ることができて、本当に光栄でした。最後にソーニャ文庫の原点に立ち返った作品を書くことができて感無量です。

本当にありがとうございました。

イラストを描いてくださったのは、憧れのらんぷみ先生です。

以前、他の作家様の作品でイラストを拝見した時、その華やかで麗しくも、精緻《せいち》なタッチで描かれるキャラクターたちが、まるで今にも動き出しそうなほど躍動《やくどう》的で、目を奪われると同時に心も持っていかれました。いつかご一緒できればと祈っておりましたが、こうして実現するなんて……！　愛らしいアンナリーザと、美しすぎるカーティスに、データをいただくたびに感涙しております。

素敵な二人を本当にありがとうございました。

そして担当編集様、最後の最後まで筆が遅すぎる私のせいで、本当にご迷惑をおかけしました……。作品作りに付き合ってくださる担当様がいらっしゃらなかったら、私は多分ここまで作家を続けていなかったと思います。本当に感謝の気持ちでいっぱいです。ありがとうございます。

この作品を世に出すために、ご尽力くださった全ての皆様に、感謝申し上げます。

最後に、ここまで読んでくださった読者の皆様に、心からの愛と感謝を込めて。

春日部こみと

Sonya
ソーニャ文庫

この本を読んでのご意見・ご感想をお待ちしております。
◆ あて先 ◆
〒101-0051
東京都千代田区神田神保町2-4-7 久月神田ビル
㈱イースト・プレス　ソーニャ文庫編集部
春日部こみと先生／らんぷみ先生

敵《てき》しかいない政略結婚《せいりゃくけっこん》のはずが、夫《おっと》に密《ひそ》かに溺愛《できあい》されてます!?

2025年4月6日　第1刷発行

著　　者　春日部《かすかべ》こみと
イラスト　らんぷみ
装　　丁　imagejack.inc
発 行 人　永田和泉
発 行 所　株式会社イースト・プレス
〒101－0051
東京都千代田区神田神保町2－4－7 久月神田ビル
TEL 03－5213－4700　　FAX 03－5213－4701
印 刷 所　中央精版印刷株式会社

ISBN978-4-7816-9782-6
定価はカバーに表示してあります。

Sonya ソーニャ文庫の本

『三年後離婚するはずが、
なぜか溺愛されてます』

春日部こみと
イラスト ウエハラ蜂

Sonya ソーニャ文庫の本

『狂奪婚』 春日部こみと

イラスト 幸村佳苗